LE RANCH DE L'ÉTALON NOIR

L'édition originale de ce roman a été publiée en langue anglaise par Random House, New York, sous le titre :

The Black Stallion and Satan

Traduction de l'américain par Jean Muray.
Traduction revue par Maëlle Alan.
Photos de Darlène Wohlart.

LE RANCH DE L'ÉTALON NOIR

hachette
JEUNESSE

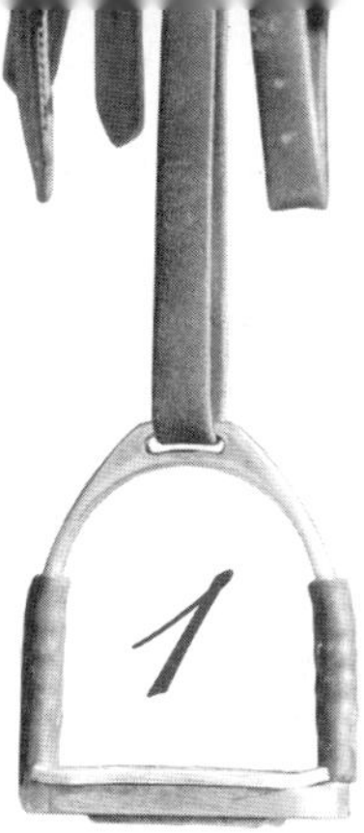

1 La triple couronne

Alec Ramsay, droit et immobile en selle, semble ne pas s'apercevoir que des milliers d'yeux sont fixés sur lui. Sous la visière de sa toque, la blancheur de son visage forme un contraste saisissant avec le noir de sa casaque et celui du grand et robuste cheval qu'il monte.

En ces minutes précédant l'épreuve classique du prix Belmont, il occupe la troisième place dans le défilé qui se dirige vers la ligne de départ. Il regrette que le sort lui ait attribué le numéro trois, c'est-à-dire la troisième stalle, car il n'aime pas se trouver si près de la corde. Henry Dailey lui a donné les instructions suivantes : « Retiens Satan jusqu'au milieu de la dernière ligne droite. Puis laisse-le se donner à fond. » Et Alec pense :

« Ça serait plus facile à exécuter si j'étais un peu plus à l'extérieur... »

Le défilé, ayant dépassé le pavillon du club hippique, passe maintenant devant les tribunes. Alec n'a pas besoin d'y jeter un coup d'œil pour se rendre compte qu'elles sont pleines à craquer. Il lui suffit de tendre l'oreille aux cris des spectateurs. Par ailleurs, il sait que ceux-ci regardent Satan et se demandent si cet étalon de trois ans, remarquable par sa grande taille et sa musculature exceptionnelle, gagnera le prix Belmont, comme il a gagné le Kentucky Derby et le Preakness, prenant rang ainsi parmi les quelques cracks qui ont réussi à décrocher la triple couronne ! Mais cette question, les spectateurs ne se la posent qu'en raison de l'état de la piste. De fait, après la pluie qui est tombée toute la matinée, elle s'est transformée en bourbier et, en cet après-midi de la première semaine de juin, une bruine froide continue à descendre du ciel sombre.

Il n'est donc pas étonnant que certains parieurs mettent encore en doute la valeur de Satan. Certains s'interrogent :

— Est-il capable de courir sur un terrain aussi collant ?

À quoi d'autres répondent :

— C'est vrai. Ça ne lui est jamais arrivé.

Comme Satan fait brusquement un écart, Alec

lui caresse l'encolure en lui parlant à mi-voix. L'étalon couche les oreilles, se calme et reprend sa place dans le défilé.

Soudain, l'un des spectateurs qui se pressent le long des barrières crie :

— Hé ! Ramsay ! Tu te crois où ? Au cirque ?

Alec reste le regard fixé devant lui. Mais il a bien compris qu'on lui reproche de se tenir plus droit en selle que les autres jockeys. Sa pâleur se change en rougeur. Cependant, il ne modifie pas sa position.

Un autre spectateur lui crie :

— Gagne le Belmont, Alec ! ... Comme le Kentucky Derby et le Preakness !

Dès que le défilé est terminé, Alec permet à Satan de prendre le galop. Il se dresse sur ses étriers, se penche en avant et applique presque sa joue contre l'encolure.

Henry Dailey lui a dit que Satan courait aussi bien sur terrain collant que sur terrain sec. Or, Henry ne parle pas à la légère, car il a entraîné Satan tout au long de l'hiver et du printemps, pendant qu'Alec poursuivait ses études. Henry a aussi assuré :

— Je l'ai fait travailler sur des pistes marécageuses et sur d'autres durcies par le gel. Il ne semble même pas s'apercevoir de la différence.

Alec n'a aucune raison de mettre la parole du vieil entraîneur en doute. Cette année, il a monté deux fois Satan, à l'occasion du Kentucky Derby et du Preakness, et, chaque fois, sur terrain sec, Satan a sans difficulté gagné de plusieurs longueurs.

Il fait obliquer le grand poulain noir vers la barrière extérieure, dépasse deux concurrents et pousse jusqu'au premier virage. Quelle confiance il éprouve en sentant, entre ses genoux, les rapides et puissants mouvements de l'animal, et en constatant la facilité avec laquelle il galope dans la boue où il enfonce pourtant jusqu'aux boulets ! Finalement, Alec se dresse plus haut encore sur ses étriers et tire sur les rênes jusqu'à ce que Satan accepte de reprendre un petit galop, puis à caracoler presque sur place.

Lorsqu'il a fait demi-tour, il s'aperçoit que les autres jockeys se dirigent vers les stalles de départ, placées juste devant les tribunes. Toujours au petit galop, sa main flattant l'encolure de Satan, il prend la même direction. Par-dessus la tête de sa monture, il voit de nombreuses caméras de télévision installées sur les gradins supérieurs des tribunes.

— Doucement, Satan ! Doucement, Satan ! répète-t-il.

Il est maintenant debout sur les étriers et tient

les rênes aussi courtes que possible. Il entend la voix du starter :

— Alec Ramsay, faites entrer votre cheval dans la stalle de départ.

Satan tente une seule fois de se dérober, puis il entre dans la stalle. La porte se referme derrière le poulain et son cavalier. Il n'y a plus qu'un moyen de sortir de l'étroite et provisoire prison...

Pendant quelques instants, on n'entend que les coups de sabots contre les parois des stalles et les paroles chuchotées par les jockeys qui tentent de calmer l'impatience de leurs montures. Mais, à l'extérieur, du bruit s'élève de la foule. Pourtant, ce bruit finit par se taire. Le silence s'établit sur l'hippodrome et pénètre jusque dans les stalles.

Satan ne bouge plus. Seules, ses oreilles sont agitées de sursauts nerveux, et la tension de ses muscles devient si perceptible qu'Alec se penche en avant et murmure :

— Reste calme. Dans deux ou trois secondes, ce sera le départ.

Il ajoute :

— Deux mille quatre cents mètres, Satan. Oui, deux mille quatre cents mètres. C'est une épreuve un peu plus longue que les précédentes. Tu pourras prendre tout ton temps. Mais il faut rester calme, Satan, aussi calme que possible...

La porte avant de la stalle s'ouvre avec fracas.

Une formidable clameur s'élève de cinquante mille bouches, étouffée presque aussitôt par le roulement des sabots sur le sol de la piste.

Satan s'élance dans la même fraction de seconde que les autres concurrents. Mais, à la troisième foulée, il trébuche ! Alec le laisse baisser la tête, puis, ayant raccourci les rênes, il l'aide à retrouver son équilibre. Pendant un bref instant, le poulain noir lutte pour reprendre appui dans la boue. Soudain, il repart au galop, sur un rythme encore inégal. Alec a cependant compris qu'il a évité le pire.

Il voit devant lui, ainsi que sur sa gauche et sa droite, les autres concurrents. Le départ, pour tous les chevaux, a été difficile. Maintenant, ils ont retrouvé leur aplomb et s'éloignent rapidement.

Satan voudrait bien les rejoindre et il tire sur les rênes. Alec le retient de son mieux, tandis que, presque couché sur l'encolure, il lui répète :

— Pas encore, Satan, pas encore.

Le poulain noir et son cavalier sont criblés de parcelles de boue projetées par les trois chevaux qui galopent en tête. Satan n'aime pas qu'on l'éclabousse. Cependant, il ne tente rien pour forcer l'allure, en un mot pour désobéir à Alec.

Les trois chevaux de tête prennent le premier tournant, suivis par Satan et le reste du peloton.

Alec voit les jockeys placés sur sa droite se rapprocher de lui, comme s'ils avaient l'intention, dans le tournant même, de le dépasser. Pendant quelques instants, il rend les rênes. Satan fait un bond en avant, se rapproche de la corde.

Le tournant franchi, Alec constate que les trois chevaux de tête ont quatre longueurs d'avance. De nouveau, il raccourcit ses rênes, contraignant le poulain noir à se laisser talonner par les chevaux qui le suivent.

Les paroles prononcées par Henry Dailey résonnent toujours à ses oreilles : « Retiens-le jusqu'au milieu de la dernière ligne droite. Puis laisse-le se donner à fond. »

Henry a ajouté ce détail important :

« Pour toi, il n'y a qu'un seul concurrent de redoutable : le poulain gris. Il adoptera une tactique semblable à la tienne. Il attendra son heure. »

En effet, le poulain gris est juste derrière Satan. Jetant un coup d'œil en arrière, Alec le voit qui se rapproche et, craignant d'être rejoint, il détend un peu plus encore les rênes.

Les chevaux de tête, après leur effort du début, commencent à perdre du terrain. Satan les talonne, réduit sans cesse la distance qui le sépare d'eux. Mais le poulain gris semble bien décidé à ne pas lâcher prise. Soudain le poulain noir et le poulain gris dépassent ensemble les trois chevaux de tête, lesquels donnent des signes croissants de fatigue. Toujours presque ensemble, Satan et son rival s'élancent vers le dernier tournant.

Maintenant, Alec n'a plus le visage criblé de boue. Devant lui, rien que la piste ! Seul le poulain gris peut encore l'empêcher de décrocher la triple couronne !

Alec crie pour dominer le vent qui lui siffle aux oreilles :

— Satan, à toi maintenant !

Il détend un peu les rênes, et il lui semble que la barrière, sur sa droite, défile à une vitesse croissante. Couché sur l'encolure, il a le visage enfoui dans l'épaisse et flottante crinière du poulain noir. Satan donne l'impression qu'aucune force au monde ne peut l'arrêter. Pour la première fois depuis le début de la course, il est libre de galoper comme il veut, de développer, à la manière d'un cheval sauvage, tous ses efforts, toute sa puissance.

Après quelques foulées courageuses, le poulain gris commence à lâcher pied. Il ne peut rien faire contre l'élan et la vitesse prodigieuses du poulain noir.

Lorsque Satan contourne le dernier virage et aborde la ligne droite, les regards des spectateurs se rivent sur lui. Il est la force. Il est la beauté. Et c'est dans un silence respectueux qu'il passe en trombe devant le poteau d'arrivée, vainqueur par plus d'une douzaine de longueurs.

Tout en haut des tribunes, un opérateur de la télévision suit avec sa caméra le poulain noir jusqu'à ce que celui-ci s'arrête. Alors, se tournant vers un autre cameraman, il dit :

— Je n'ai jamais vu un cheval courir de cette façon. Jamais.

— Moi, si, répond l'autre. Mais une seule fois. C'était Black, le père de ce poulain justement. Et tu sais qui le montait ? Le même qui monte aujourd'hui le poulain noir, Alec Ramsay.

Il ajoute en secouant la tête :

— La vie de cet Alec Ramsay ressemble à un film.

— Pourquoi ?

— Tu ne connais pas son histoire ? Tu tombes d'où ? De la lune ?

— Non, du Pérou. Je viens de passer cinq ans à photographier là-bas des villes et des temples incas. Alors, l'histoire d'Alec Ramsay ?

— Eh bien, Alec Ramsay et Black voyageaient sur le même bateau. Il y a eu un naufrage, et ils ont été les seuls survivants. Alec a amené Black aux États-Unis. Or, Henry Dailey, un vieil entraîneur oublié depuis longtemps, était le voisin d'Alec Ramsay. Henry a tout de suite compris que le jeune Alec avait mis la main sur un trésor. Ils ont installé Black dans une espèce de grange, à Flushing, je crois. Puis ils l'ont engagé dans une course qui avait été organisée surtout pour opposer Sun Raider à Cyclone. Ça fait plusieurs années. Or, Black a battu Sun Raider et Cyclone à plate couture. Je l'ai vu de mes propres yeux accomplir cet exploit. Ça a d'ailleurs été sa seule course. Mais, ce cheval-là, je ne l'oublierai jamais.

Le cameraman se tourne vers la piste, regarde quelques instants Satan et poursuit :

— Crois-moi si tu veux, mais aujourd'hui j'ai eu l'impression de revoir Black.

— Il est devenu quoi ?

— J'ai entendu dire que, peu après la course, un chef arabe nommé Abou Ichak a prouvé que Black lui appartenait et l'a ramené en Arabie.

— Et c'est ainsi que s'est terminée la carrière de Black ?

— Oui, à ce que j'en sais.

— Et Satan, il vient d'où ? Comment Alec Ramsay l'a eu ?

— On dit qu'Abou Ichak avait promis à Alec de lui envoyer le premier fils de Black. Ce poulain, c'est Satan. Abou Ichak a tenu parole.

— Il m'a l'air drôlement chanceux, cet Alec Ramsay !

— Tu parles ! Avec l'aide de Henry Dailey, il a entraîné Satan, comme il l'avait fait pour Black. L'automne dernier, il l'a engagé dans le prix de l'Espérance. Mais tu connais le reste. Jusqu'ici, Satan n'a jamais été battu.

— Entraîné dans des conditions minables et aujourd'hui il a la triple couronne ! reprend avec admiration le premier cameraman.

Quelques instants, il contemple le vainqueur et son jockey, entourés par le halo formé par les flashes des photographes. Puis il conclut :

— Alec Ramsay est en train de devenir un jockey de grande classe. Je n'ai pas l'impression qu'il moisira à Flushing. Il a le vent en poupe. La chance lui sourit.

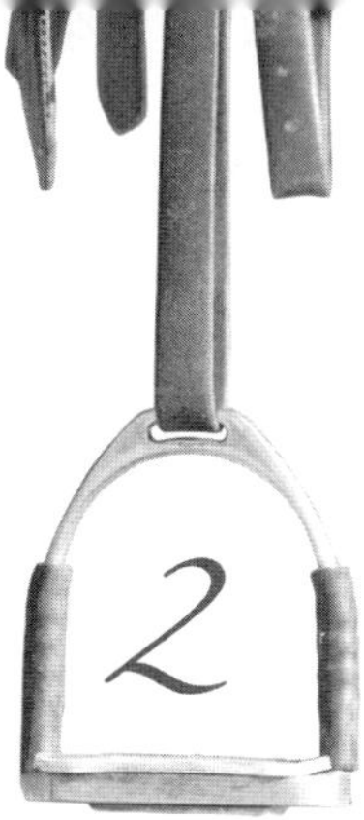

2 Chanceux, Alec Ramsay ?

Alec ferme derrière lui la porte du bâtiment réservé aux jockeys et, instantanément, il n'entend plus qu'un bruit confus de voix, dominé par le sifflement des douches. Il s'arrête sur le perron, et son regard va de la cour déserte et mouillée à la piste saccagée et comme striée d'interminables sillons boueux. Pendant presque une minute, il la contemple, tout en enfilant les manches de son imperméable, puis en serrant la ceinture autour de sa taille. Après quoi, il descend les marches du perron et part à pied sous la pluie fine et tenace.

D'un pas rapide, il se dirige vers la porte percée dans la palissade métallique en se protégeant le plus possible la tête dans le col relevé de son imperméable, de sorte qu'il ne voit pas l'homme de haute taille qui l'attend.

— Alec ! appelle cet homme.

Le jeune garçon s'arrête.

— Papa ! je croyais que tu étais aux écuries avec maman et Henry.

— En effet, ta mère est là-bas, répond M. Ramsay.

Il ajoute en montrant le parapluie fermé qu'il tient à la main :

— Elle a voulu que je t'apporte ça.

Alec regarde le parapluie, puis le chapeau ruisselant de son père.

— Pourquoi tu ne t'en es pas servi toi-même ? demande-t-il en souriant. Tu dois m'attendre depuis longtemps.

— J'ai toujours détesté les parapluies, réplique M. Ramsay. On fait quoi de celui-ci ? Tu le veux ?

Alec secoue la tête.

— On n'aura qu'à l'ouvrir quand on arrivera aux écuries... pour faire plaisir à maman.

Ils passent devant les tribunes maintenant vides. Si le sol n'était pas jonché de bouts de papier, de cigarettes à moitié fumées et de débris de toutes sortes, il pourrait paraître incroyable que des milliers de personnes aient été entassées sur ces gradins une heure auparavant. Les lampes électriques diffusent à travers la pluie une lumière trouble.

— Je n'ai pas besoin de te dire, Alec, que c'était une grande course, reprend M. Ramsay. Oui, une très grande course. Décidément, Satan est imbattable.

Tout en parlant, M. Ramsay a passé son bras droit autour des épaules de son fils.

Alec, tête basse, les yeux fixés au sol détrempé, répond calmement, à mi-voix :

— Satan ne commet jamais une faute et exécute à la perfection tout ce qu'on lui demande. Henry l'a très bien entraîné. Maintenant, Satan aura confiance en n'importe quel jockey, à la condition que celui-ci le dirige avec précision. Ah ! on peut dire qu'il revient de loin !

M. Ramsay fait remarquer :

— N'oublie pas que tu as joué un rôle important dans sa transformation. C'était un poulain apparemment indomptable. Tu lui as appris à ne pas redouter les êtres humains. Puis Henry a pris la relève. Il a fait de Satan une magnifique machine à courir. Mais souviens-toi toujours que sans ton aide il ne serait peut-être arrivé à rien.

Alec sourit.

— Sois tranquille, papa, je m'en souviendrai.

Ils ont dépassé les écuries et aperçoivent à courte distance plusieurs lads qui promènent des chevaux sur lesquels on a jeté des couvertures aux couleurs brillantes. Et la fumée odorante du bois qui brûle dans des poêles de fonte flotte jusqu'à eux.

En continuant à marcher avec son père vers les écuries, Alec demande :

— Maman a bien supporté la course ?

— Oui, très bien, sauf lorsque Satan, juste après le départ, a trébuché. Et, quand la course a été terminée, je l'ai entendue qui disait aux personnes assises près de nous dans la tribune : « Si mon fils n'avait pas su le retenir, Satan serait sûrement tombé. »

Et M. Ramsay ajoute non sans fierté :

— Tu sais, Alec, elle s'endurcit chaque jour un peu plus.

Alec aperçoit un attroupement devant la stalle de Satan.

— Ce sont les photographes, explique M. Ramsay. Ils t'attendent. Quant à ta mère, je crois qu'elle est avec...

Il s'arrête, ouvre le parapluie qu'il tient à la main et murmure en adressant un clin d'œil à son fils :

— Mince, j'allais oublier !

Lorsqu'ils voient Alec s'avancer dans leur direction, les photographes se précipitent et prennent quelques clichés du vainqueur de la triple couronne. Puis ils demandent à M. Ramsay de poser la main sur l'épaule de son fils. L'un d'eux précise :

— Monsieur Ramsay, vous pouvez cacher ce parapluie et nous sourire ?

De nouveau, les photographes opèrent. Ensuite, une voix appelle :

— Madame Ramsay ! Madame Ramsay !

Bientôt apparaît une femme de petite taille, assez enrobée. Il y a encore de la frayeur dans ses yeux. Mais elle adresse à Alec un sourire plein de courage et, dès qu'elle a réussi à se faufiler jusqu'à lui, elle glisse son bras sous celui de son fils. Comme elle se tient face aux photographes, l'un d'eux lui dit :

— Non, madame Ramsay. Regardez plutôt Alec. Vous aussi, monsieur Ramsay. Regardez Alec en souriant. Il faut qu'on ait l'impression d'une réunion familiale. Montrez que vous êtes des parents fiers de leur fils ! Oui, c'est déjà mieux. C'est presque ça... Encore un détail : monsieur Ramsay, servez-vous de votre parapluie pour abriter Mme Ramsay. Elle va être trempée.

Tous les photographes éclatent de rire. Lorsqu'ils en ont fini avec M. et Mme Ramsay, ils prennent avec soin quelques photos d'Alec et de Henry. En effet, Alec et le vieil entraîneur ont presque la même silhouette. Même carrure, mêmes bras un peu longs. Certes, Henry est plus enveloppé qu'Alec. De plus, ses jambes sont arquées, et moins minces que celles de son élève. Mais, quand on voit côte à côte cet homme grisonnant et ce jeune garçon, on pourrait croire qu'il s'agit du père et du fils.

— Henry, demande un photographe, rapprochez-vous d'Alec.

Henry répond par un grognement. Et, en abaissant le bord de son chapeau ruisselant de pluie sur ses sourcils froncés, il dit à Alec :

— Tu devrais être rentré chez toi depuis longtemps. Tu as eu une journée plus que fatigante...

— Voyons, reprend le photographe, souriez, Henry ! Montrez que vous êtes content. Et puis, relevez donc un peu votre chapeau, qu'on voie votre visage.

Henry réussit à esquisser une sorte de grimace. Mais il ne relève pas le bord de son chapeau.

— Emmène ton père et ta mère, Alec, insiste-t-il. Je vous suis dans quelques minutes. J'ai ma voiture. Elle est là-bas...

Alec se tourne vers la stalle de Satan. Il voit le poulain sous la surveillance de l'un des palefreniers que Henry a engagés pour la circonstance. Satan dresse la tête par-dessus la porte. Sa petite étoile blanche se dessine avec netteté sur le noir de son front. Sans cesse, il plonge ses naseaux dans la poche du palefrenier, espérant y dénicher une carotte. Puis, Alec ne le voit plus car plusieurs personnes se sont placées devant la porte de la stalle.

— Voyons, Alec, tournez-vous vers Henry ! crie le photographe.

Alec dit au vieil entraîneur :

— Je voudrais passer un moment avec Satan avant de partir.

— Ne bougez plus ! reprend le photographe.

— Ne t'inquiète pas de Satan, répond Henry à son jeune compagnon. D'ailleurs, si tu vas jusqu'à la stalle, tous les photographes te suivront. Et ce sera la même comédie !

Alec se renfrogne :

— Ce n'est pas que je sois inquiet de Satan, Henry. C'est seulement pour...

Plusieurs photographes l'interrompent :

— Allons, Alec, un sourire, s'il vous plaît !

Comme Henry, Alec esquisse une grimace, et les photographes opèrent avec une ardeur redoublée. Après quoi, Henry prend le jeune homme par le bras et l'entraîne jusqu'à l'endroit où les parents d'Alec l'attendent près de leur voiture.

Alec s'assoit sur le siège arrière, tandis que son père se dirige vers la sortie de l'hippodrome.

Un peu moins d'une heure plus tard, la voiture entre dans Flushing. À l'ouest, les lumières de

New York éclairent le ciel nocturne où s'enfoncent les hautes flèches des gratte-ciel.

M. Ramsay roule un moment par des rues silencieuses de banlieue, puis s'arrête devant une maison à un étage.

— Il ne pleut plus, dit-il en descendant de la voiture.

Mme Ramsay le suit dans l'allée qui donne accès à la maison. Comme elle vient d'atteindre le perron, elle se retourne et voit Alec qui traverse la rue, s'éloigne. Elle ouvre la bouche pour l'appeler. M. Ramsay l'interrompt :

— Moi, à ta place, je le laisserais tranquille. Il veut sans doute aller quelques minutes à la grange.

— À la grange ? répète Mme Ramsay. Il n'y a personne. Il y a juste le cheval du marchand ambulant.

— Alec le sait très bien, fait M. Ramsay en poussant sa femme vers la maison.

Dès qu'ils ont ouvert la porte, un petit chien au poil brun en broussaille saute sur eux, se faufile entre leurs jambes. M. Ramsay se penche, lui tire doucement les oreilles :

— Va avec Alec, Sébastien. J'ai l'impression qu'il sera content que tu l'accompagnes.

Quand la porte est refermée, Sébastien reste quelques instants à la regarder, en poussant des gémissements. Puis, se retournant, il aperçoit Alec qui continue à s'éloigner. Alors, il jette un aboiement bref, dégringole les marches du perron, se lance au galop sur la chaussée et ne s'arrête dans une glissade que lorsqu'il est près du jeune homme.

Alec le prend dans ses bras, le caresse. Après quoi, il le repose sur le sol, s'avance vers une porte percée dans une palissade, l'ouvre et, Sébastien sur ses talons, s'engage sur une longue allée de gravier à l'extrémité de laquelle se dresse la vieille grange.

Un instant, il tourne la tête à gauche pour jeter un regard à la barrière de bois qui entoure le pré dont Black d'abord et ensuite Satan ont brouté l'herbe savoureuse.

Il pénètre dans la grange. Avant même qu'il allume la lumière, il perçoit un hennissement étouffé, et Sébastien trotte vers le fond du bâtiment.

Là, un cheval gris, presque blanc, ébloui par la lumière, cligne des yeux, la tête posée sur la porte de sa stalle.

Alec s'approche, lui caresse les naseaux. Ensuite, il l'examine :

— À ce que je vois, Napoléon, Tony te soigne toujours aussi bien.

Puis, apercevant un chiffon accroché près de la porte :

— Mais un petit pansage supplémentaire ne te ferait pas de mal, n'est-ce pas ?

Ayant décroché le chiffon, il entre dans la stalle et commence de frictionner vigoureusement le dos creux, le dos ensellé du vieux cheval. Cependant, celui-ci semble désirer autre chose. Il pivote sans cesse sur lui-même, comme s'il voulait rester face au jeune garçon.

— Reste donc tranquille, Napoléon, dit Alec.

À la fin, comprenant ce qu'on attend de lui, il prend la longue tête grise et la presse contre sa poitrine.

Sébastien s'est glissé dans la stalle. Il se met à décrire des zigzags entre les jambes de Napoléon et sous son ventre rebondi. Napoléon, pendant qu'Alec se remet à lui bouchonner le dos, se penche en avant, cherchant à repérer le petit chien farceur.

Alec raccroche le chiffon, il vide l'auge et la remplit d'eau fraîche. Puis il va chercher une brassée de paille qu'il répand sur le sol.

Lorsqu'il n'a plus rien à faire dans la stalle de Napoléon, il s'approche de la stalle voisine et l'examine longuement. Finalement, il se rend à l'autre extrémité de la grange, entre dans la sellerie, s'assoit sur un coffre et enfouit son visage dans ses mains.

— Arrête de te conduire comme un enfant ! murmure-t-il d'un ton irrité.

Lorsqu'il relève la tête, c'est pour regarder trois photos fixées au mur, juste devant lui. Elles représentent Satan. Sur la première, le poulain fléchit, à peine sevré, sur ses longues jambes frêles. Sur la deuxième, il a un an et, déjà, il semble plus robuste, plus épais que son père. Sur la troisième, il vient, à deux ans, de gagner le prix d'automne de l'Espérance. Cette victoire a été le début d'une carrière exceptionnelle.

— À partir de ce moment, murmure de nouveau Alec, il ne m'a plus vraiment appartenu...

Il y a encore une photo, plus grande que les autres et fixée au mur de gauche. Alec n'a même pas besoin de la regarder pour en reconstituer les moindres détails. Elle représente la tête de Black et a été prise il y a déjà plusieurs années. Après l'avoir fait agrandir et encadrer, M. Ramsay l'a offerte à son fils. La tête de Black se détache avec tant de netteté sur le fond clair du ciel qu'on a envie de la toucher.

C'est une tête fière, noble, arrogante, aux grands yeux où flambe une énergie farouche. La mèche frontale et l'épaisse crinière noire se rejettent en arrière, à cause du vent, violent ce jour-là. Les oreilles petites, dressées, se rejoignent presque par leurs extrémités. Et les naseaux délicats se dilatent comme pour exprimer la méfiance que l'appareil photo inspire au magnifique étalon.

Alec ferme les yeux, espérant par ce moyen chasser de son esprit jusqu'au souvenir de Black. Mais il les rouvre immédiatement, dans la surprise que lui inspire le son de sa propre voix :

— Aujourd'hui, j'ai aidé Satan à devenir le détenteur de la triple couronne. Qu'est-ce qu'on peut exiger de plus ? Je suis le garçon le plus heureux du monde.

Cette dernière phrase, il la répète à plusieurs reprises. Mais il sait bien qu'il essaie de se cacher la vérité et qu'il n'est vraiment pas heureux.

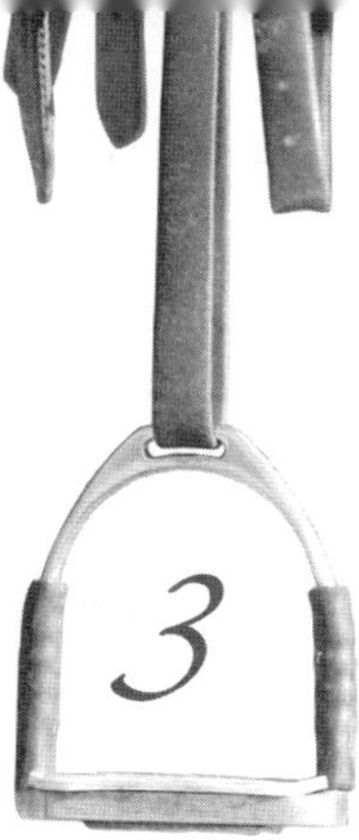

3 — Comme avant…

Alec sort de la sellerie lorsque s'ouvre la porte de la grange. Henry Dailey entre dans le bâtiment. Sébastien court en aboyant à sa rencontre.

— J'ai vu de la lumière et j'ai pensé que tu étais ici, explique le vieil entraîneur. Qu'est-ce qui cloche ?

— Rien, répond Alec. Je voulais simplement jeter un coup d'œil à Napoléon.

Henry reprend en s'approchant du cheval gris :

— Je suis content, Alec, que les vacances approchent. Bientôt, tu pourras t'entraîner chaque matin.

Alec reste quelques instants silencieux, la

main posée sur les naseaux de Napoléon. Puis, d'un ton pensif :

— Ça me fait plaisir de me retrouver entre ces murs. C'est dans la grange que tout a commencé, n'est-ce pas ? Je me rends bien compte qu'on ne pourra pas y garder Satan. C'est dommage…

Henry, les sourcils froncés, se tourne vivement dans la direction d'Alec. Mais il ne tarde pas à changer d'expression et, souriant :

— Évidemment, il y a quelque chose de changé, ne serait-ce que l'attitude de plus en plus exigeante des photographes. Cependant, tu verras, Alec, c'est toujours aussi agréable de galoper dans la prairie voisine. Bien sûr, il y a des gens qui viennent chaque jour, pour voir l'entraînement de Satan. Mais tu t'habitueras à leur présence. Et puis, il faut t'y faire. C'est comme ça.

— Oui, c'est comme ça, répète Alec avec lenteur. D'ailleurs, c'est ce qu'on voulait...

Henry regarde son jeune compagnon avant de demander :

— Et ce n'est plus ce que tu veux ?

— Je n'ai pas dit ça, Henry.

— En effet. Mais, il me semble que c'est ce que tu sous-entends. Je me trompe ?

Alec détourne la tête.

— Je ne sais plus ce que je veux. Dans mon

esprit, j'ai l'impression que tout se brouille, que tout se confond...

— Essaie de m'expliquer, Alec. On ne s'est jamais rien caché, n'est-ce pas ?

— C'est exact.

— Alors ?

Alec se tourne de nouveau vers l'entraîneur et dit d'une voix où perce une sourde irritation :

— Quelquefois il me semble que je suis un enfant à qui on a enlevé son jouet préféré. Je suis malheureux parce que Satan ne m'appartient plus, parce que je n'en suis plus le seul maître. Je voudrais être plus raisonnable, plus mûr. Je me répète qu'un crack, un grand crack, n'est pas un jouet. Je passe en revue les événements depuis le début. Je conclus que ce qui arrive est exactement ce que je voulais. Je suis content car Satan a répondu à nos attentes. Dès le début, je savais que, s'il devenait un crack, il me faudrait le partager avec d'autres. Je savais aussi qu'il lui faudrait un entraînement intensif, et que ce ne serait pas toujours moi qui le ferais. Oui, tout ça je le savais et, aujourd'hui encore, je n'arrête pas de me le répéter.

Alec s'arrête, regarde quelques instants la longue tête grise de Napoléon. Puis il conclut :

— Non ! Je n'arrive pas à m'y résigner.

— N'est-ce pas une grande consolation d'avoir

monté Satan dans des courses très importantes ? demande Henry.

— Non, Henry, ce n'est pas une consolation... Je ne suis pas seulement un jockey. Je veux être beaucoup plus que ça.

Alec plonge son regard dans celui de son ami.

— Ça sera différent cet été, n'est-ce pas, Henry ? Je resterai tout le temps avec Satan, je prendrai soin de lui. À nous deux, nous le soignerons. On n'aura besoin de personne d'autre. Ce sera comme auparavant.

Avant de répondre, l'entraîneur laisse passer quelques secondes.

— Je devrais peut-être te dire que je suis de ton avis. Mais je n'en ferai rien. Tu as été franc avec moi. Je le serai avec toi.

— Henry ! s'exclame Alec. Où voulez-vous en venir ?

— À quelque chose qui me turlupine depuis longtemps, Alec ; à une idée que j'ai eue en t'observant au cours des derniers six mois. Maintenant, écoute-moi bien, et surtout ne te mets pas en colère. Je veux que tu réfléchisses à ce que je vais te dire et que tu examines si, par hasard, je n'aurais pas raison.

Alec ouvre la bouche. Puis, se ravisant, il reste silencieux. Henry poursuit, en choisissant ses mots avec soin :

— Quand tu emploies l'expression « comme auparavant », je suis persuadé que ce n'est pas à Satan que tu penses. C'est à Black.

Il attend, convaincu qu'Alec va protester. Quand il voit que le jeune homme garde le même silence, il ajoute :

— Aucun cheval au monde ne peut t'apporter ce que te donnait Black. C'est la vérité que tu devras accepter une fois pour toutes, et avant de prendre la mauvaise habitude de croire qu'on peut revivre le passé.

Napoléon s'est mis à mordiller la manche de Henry. Mais celui-ci ne lui prête nulle attention. À mi-voix, il continue :

— Je n'ai pas l'intention de te décourager, Alec. Je veux seulement te faire comprendre qu'une aventure comme celle que tu as vécue avec Black ne peut se produire qu'une seule fois au cours d'une existence. Black était unique en son genre. C'était un cheval sauvage, et il n'a jamais été vraiment dressé. Et pourtant, pour une raison mystérieuse, il t'a accordé son affection.

Alec a un sourire assez triste.

— Si je vous comprends bien, Henry, vous estimez que j'ai été trop gâté et que je ne peux pas aimer un autre cheval, même Satan ?

— Je dois reconnaître, Alec, que c'est un peu ce que je voulais dire. Tout dépend au fond de l'attitude que tu vas adopter par la suite à l'égard de certaines choses. Je suis d'avis que tu fasses dès maintenant le bilan des satisfactions que Satan t'a données et que tu ne te caches rien de ce qu'il te réserve dans l'avenir. Certes, il va encore participer à de nombreuses épreuves, et c'est toi qui le monteras. Mais Satan n'est pas le cheval d'un seul homme. Tu n'as pas le droit d'exiger de lui une affection totale. N'importe qui peut le monter. Il a été entraîné à faire ce qu'on attend de lui. Et en un sens – et pour cette raison – il est supérieur à Black. Il a la vitesse de Black, mais il est contrôlable. C'est d'ailleurs pour ça qu'il est devenu un crack comme on en voit rarement.

Henry prend Alec par le bras et ajoute tout en marchant :

— Viens un instant avec moi à la sellerie... Il faut que tu comprennes également que Satan te donne quelque chose que Black ne pouvait pas te donner. Black n'a jamais été, à proprement parler, un cheval de course. Il n'acceptait qu'à contre-cœur la présence d'autres chevaux sur la piste. À Chicago, tu te souviens ? il a même failli te jouer un mauvais tour. Contrairement à Satan qui est un cheval régulier, Black nous laissait toujours dans l'ignorance de ce qu'il ferait. Dans une course, il était aussi capable de galoper à la vitesse de l'éclair que de sauter sur l'un des concurrents et d'essayer de se battre.

À la porte de la sellerie, Henry s'arrête.

— Et ne crois pas un instant qu'Abou Ichak ignorait ce que je viens de te dire. C'est pourquoi, malgré la promesse qu'il nous avait faite l'automne dernier au prix de l'Espérance, il ne t'a pas renvoyé Black. De retour en Arabie, il a réfléchi, et il s'est rendu compte qu'il commettrait une grosse erreur en tenant parole. Je suis prêt également à parier que c'est pour cette raison qu'il n'a même plus répondu à tes lettres.

Sur ces mots, Henry entraîne Alec dans la sellerie. Il se plante devant la photo représentant la tête de Black.

— Si j'étais toi, Alec, je décrocherais cette photo et j'oublierais Black. Je penserais : « C'était une aventure splendide, mais elle est terminée. C'est fini, réglé, terminé. »

Et, avec un haussement d'épaules :

— Voilà ce que je voulais te dire. Mieux que moi encore, tu sais que tout ce que je t'ai raconté est vrai. Pour le reste, c'est à toi de décider.

Puis Henry tourne les talons et laisse Alec seul dans la sellerie.

Pendant plusieurs minutes, sans bouger, le jeune homme reste à contempler la photo. Brusquement, il s'en approche, la décroche.

Après quoi, il soulève le couvercle d'un coffre, y prend une couverture et, lorsqu'il en a enveloppé avec grand soin le portrait de Black, il la replace dans le coffre, abaisse le couvercle et sort à son tour de la sellerie.

Henry l'attend à l'extérieur.

— Vous aviez raison, Henry, murmure Alec. J'ai trop longtemps pensé à Black. Je croyais que ce serait avec Satan comme avec lui. Mais, maintenant, c'est fini, réglé, terminé, comme vous l'avez dit.

Henry lui met la main sur l'épaule et annonce, tandis qu'ils passent côte à côte devant les stalles :

— À la première heure demain matin, on ira sur la piste. On ne pratiquera pas l'entraînement habituel de Satan. On se contentera de le promener...

— Quand aura lieu la prochaine épreuve, Henry ?

— Pas avant plusieurs semaines, et à Chicago. Satan affrontera des chevaux plus vieux que lui. Mais tout ira bien s'il se conduit comme aujourd'hui.

— C'est ce qu'il fera, affirme Alec. Il ne pourrait pas courir d'une autre façon.

Ils viennent d'atteindre la porte de la grange, et Henry a déjà fermé l'électricité, lorsqu'un pas dans l'allée se fait entendre. Alec est le premier à identifier, malgré l'obscurité presque totale, la longue et maigre silhouette de M. Ramsay.

— C'est papa, annonce-t-il à Henry.

Celui-ci donne de nouveau de la lumière.

— Je t'ai attendu, Alec, aussi longtemps que possible, dit M. Ramsay à son fils. Mais, comme tu tardais, j'ai cru préférable de...

Puis, apercevant Henry qui apparaît derrière Alec sur le seuil de la porte :

— Tiens, Henry ! Je ne savais pas que vous étiez ensemble.

M. Ramsay entre dans la grange. Alec et l'entraîneur ne peuvent détacher leurs regards de la lettre qu'il tient à la main. Et, tandis que M. Ramsay tend cette lettre à son fils, Henry demande vivement :

— C'est d'Abou Ichak, n'est-ce pas ?

M. Ramsay secoue la tête.

— Je crois plutôt qu'elle est de Tabari Ichak, du moins si j'en crois l'écriture au verso de l'enveloppe.

Henry se tourne vers Alec.

— Tabari ? La fille d'Abou Ichak ? ...

Alec serre la lettre entre son index et son pouce, sans l'ouvrir.

— Peut-être Abou Ichak a-t-il chargé sa fille d'écrire l'adresse..., suggère Henry.

Et il garde les yeux fixés sur le visage d'Alec, tandis que le jeune garçon ouvre l'enveloppe et en retire une feuille de papier. Comme il l'a dit un moment auparavant à Alec, Henry reste convaincu qu'Abou Ichak gardera Black en Arabie. Mais, après tout, il peut se tromper. « Si Black revient, songe-t-il, ça changera bien des choses, non seulement pour moi-même et pour Alec, mais pour Satan... » Aussi, fort inquiet, il continue à dévisager Alec, pendant que celui-ci déchiffre la lettre.

Il voit ainsi Alec devenir soudain très pâle et des larmes jaillir de ses yeux. Il le voit abaisser ses paupières et froisser la feuille de papier dans sa main, la laisser tomber sur le sol.

Alors, M. Ramsay ramasse la lettre, la défroisse et dit à Henry :

— Nous allons la lire ensemble.

Arabie
2 juin

Cher Alec,

Mon père est mort il y a trois mois, et nous ne cessons de le pleurer. Aujourd'hui seulement, il m'est possible de vous écrire que sa mort est due aux blessures qui lui furent infligées par l'étalon auquel vous avez donné le nom de Black.

Parmi les divers documents laissés par mon père se trouvait une lettre qui ne devait être ouverte qu'après son décès. Il y exprimait clairement sa volonté que Black vous fût donné.

N'est-il pas ironique que mon père vous ait légué le responsable de sa mort, ce démon que, sans cela, nous aurions sûrement abattu ?

J'ai pris toutes les dispositions avec la Transworld Airlines pour que Black vous parvienne dans les plus brefs délais. Il arrivera à Newark (New Jersey) dans la nuit du 20 au 21 juin. Tous les papiers nécessaires, y compris un titre de propriété à votre nom, vous seront adressés sous pli séparé.

Puisse le grand Allah être avec vous et vous épargner le sort qui fut celui de mon père !

Tabari.

4

Black

Une dizaine de jours après avoir reçu la lettre de Tabari, Alec et Henry, assis dans leur van arrêté en bordure de l'aérodrome de Newark, attendent l'arrivée de Black.

Depuis un moment, Henry semble réfléchir. Il passe et repasse ses mains sur le volant. Bientôt, il tourne la tête vers la portière et regarde les lumières de la piste d'atterrissage briller dans la nuit, tandis qu'un avion se pose en faisant rugir ses réacteurs.

Le vieil entraîneur attend que le fracas soit apaisé, puis, sans cesser de regarder à l'extérieur, il dit à mi-voix :

— Je me trompais, Alec, quand je prétendais

que Black appartenait à ton passé. Je me trompais sur toute la ligne.

Alec garde le silence.

— Mais je maintiens, reprend Henry, qu'il n'a plus sa place sur les terrains de course.

— Je n'ai pas l'intention de le faire courir, déclare Alec.

— Il faudra que tu sois prudent avec lui. Bien sûr, il ne t'a jamais donné d'ennuis vraiment graves. Mais n'oublie pas que vous avez été séparés, lui et toi, pendant longtemps. Certaines choses peuvent avoir changé entre vous...

— Il me reconnaîtra, j'en suis sûr.

— Et Abou, rétorque Henry, crois-tu qu'il ne le connaissait pas ?

Un deuxième avion apparaît, atterrit. Les deux amis ne tardent pas à se rendre compte qu'il ne s'agit pas d'un appareil de la Transworld Airlines. Henry regarde sa montre.

— Il devrait arriver d'une minute à l'autre, dit-il.

Il décolle ses mains du volant et, ayant remarqué qu'elles sont moites, il les essuie, d'un air un peu gêné, sur son pantalon.

Mais Alec ne fait pas attention. Il ne cesse de scruter le ciel sombre dans l'espoir d'y surprendre les feux de position de l'avion, le sifflement de ses réacteurs. En même temps, il se répète : « Black est de nouveau à moi, et cette fois définitivement ! »

Toujours intérieurement, il ajoute : « Hélas ! pour que ce miracle se produise, il a fallu la mort d'Abou Ichak. »

Il ferme les yeux. Depuis dix jours, il se dit qu'Abou était un vieillard qui aurait pu se tuer en tombant de n'importe quel cheval. Dans sa lettre, Tabari ne donne aucun détail concernant l'accident. Que s'est-il passé ? Abou s'est-il fracassé le crâne ? A-t-il succombé à d'autres blessures ? Peut-être s'est-il montré négligent. Par exemple, on peut imaginer que, Black ayant trébuché en plein galop, son cavalier est tombé par surprise...

Cependant, si la mort d'Abou a été accidentelle, pourquoi Tabari a-t-elle envisagé de faire abattre l'étalon ? Oui, pourquoi ?

Abou a-t-il oublié que Black ne se connaît pas de maître ? A-t-il tenté de briser la volonté de cet animal farouche ? A-t-il, dans ce combat, été vaincu, et est-ce pour cette raison que Tabari a voulu faire abattre Black ?

Alec rouvre les yeux : « Il vaut sans doute mieux que j'ignore les réponses à ces questions. Je dois surtout me souvenir que Black ne ressemble à aucun autre cheval. Si je garde cette idée présente à l'esprit, je n'aurai rien à redouter. Je ne peux pas le dominer. Et, si je veux obtenir quelque chose de lui, il me faudra le lui demander. Je ne peux rien exiger de lui. Quand je me contente de demander, Black obéit, sans doute parce qu'il a l'impression d'agir de son propre mouvement. C'est le contraire de ce qui se passe avec les autres chevaux. Mais Black est ainsi. Et il n'est plus assez jeune pour que l'on puisse espérer changer son caractère... »

Soudain, il y a un sifflement lointain. Bientôt des feux de position se détachent des innombrables étoiles, puis l'avion apparaît, perd de la hauteur, se dirige vers la piste.

— Ça doit être lui, dit Henry.

Dès que les roues touchent la piste, Alec peut déchiffrer, sur le flanc de l'appareil, l'inscription « Transworld Airlines ».

— C'est lui, Henry ! s'exclame-t-il. Voilà Black !

Les deux amis descendent du van et s'approchent de la palissade qui les sépare de l'aérodrome. L'avion roule maintenant vers eux, dans un lent glissement de son étincelante silhouette argentée.

Henry regarde autour de lui et constate, non sans satisfaction, qu'Alec et lui se trouvent loin du centre actif de l'aérodrome et que, dans le voisinage immédiat, il n'y a que quelques employés de la Transworld Airlines qui attendent l'avion.

Il dit à Alec :

— Je veux être certain que nous aurons le moins d'ennuis possible. Je vais au bureau encore une fois pour m'assurer que tous les papiers sont bien en règle.

Et, faisant demi-tour, il se dirige vers un bâtiment dont les fenêtres sont éclairées. Mais Alec, lui, reste les yeux fixés sur l'appareil.

Lorsque celui-ci s'est arrêté, à une cinquantaine de mètres environ, trois hommes en combinaison blanche s'en approchent. Le pilote fait rugir ses réacteurs, puis coupe le contact.

Alec, le cœur battant, attend que la porte de la carlingue s'ouvre. Il regarde une autre porte, celle qui est percée dans la palissade à une centaine de mètres et près de laquelle se tient un gardien. Ensuite, pivotant sur lui-même, il scrute le bâtiment éclairé de la Transworld Airlines, se demandant avec inquiétude si Henry ne va pas reparaître.

Quand il est de nouveau face à l'appareil, il constate que la porte en est toujours fermée. Il se décide à s'avancer vers le gardien. Mais, à ce moment, Henry le rejoint au pas de course.

— Tout est bien en règle, dit le vieil entraîneur. Nous pourrons prendre possession de Black dès qu'il aura quitté l'avion.

— Alors, approchons-nous de l'entrée, fait Alec sans s'arrêter.

— Doucement, Alec, doucement. Ces gens-là n'ont pas besoin de notre aide. Pour eux, Black n'est rien d'autre qu'un colis un peu volumineux. Donc, ne faisons pas d'histoires.

Henry donne au gardien l'autorisation de sortie qu'on lui a remise au bureau. Le gardien opère un pointage sur sa liste et dit :

— Vous aurez votre cheval dans quelques minutes.

Alec voit s'ouvrir l'une des portes de l'avion, la plus grande. Un homme apparaît et appelle les employés. Puis il rentre, mais ne tarde pas à reparaître et pousse jusqu'au sol une longue rampe de bois.

Soudain, le hennissement perçant et si caractéristique de Black se fait entendre, bientôt dominé par le ronflement d'un appareil qui atterrit à quelque distance.

Alec pose la main sur la chaîne tendue en travers de l'entrée de l'aérodrome et, se tournant vers Henry :

— Je pourrais peut-être les aider ?

Henry dit en souriant au gardien :

— On est un peu inquiets au sujet de notre cheval...

— Vous n'avez aucune raison d'être inquiets,

réplique le gardien. On est spécialisés dans le transport des chevaux et des animaux de toutes sortes. On n'a jamais eu le moindre ennui.

Henry incline plusieurs fois la tête pour montrer qu'il comprend, qu'il est d'accord, pleinement rassuré. Mais Alec s'est tourné de nouveau vers l'avion. Black fait entendre un deuxième hennissement, puis le piétinement de ses sabots est nettement perceptible.

— Il y a des chevaux qui sont plus difficiles que d'autres, poursuit le gardien. Mais il suffit d'avoir la manière. L'employé qui se tient à l'intérieur de l'appareil est habitué aux animaux les plus différents. Dans son genre, c'est un virtuose. Pendant le voyage, il ne quitte pas un instant ses protégés. C'est encore l'un des avantages que notre compagnie réserve à ses clients.

— Comme vous le dites, fait Henry toujours conciliant, l'essentiel est d'avoir la manière.

— Et une installation convenable, ajoute le gardien. On peut, par exemple, quand c'est nécessaire, transformer nos appareils en écuries. On a des stalles mobiles pourvues de cloisons qui sont en réalité des nattes. Le sol de ces stalles est couvert d'une couche de copeaux qui remplacent la paille. En somme, on pense avant toute chose au confort des chevaux. Mais, lorsque l'un d'eux se montre récalcitrant, l'employé, pour le faire tenir tranquille, lui passe une sorte de sous-ventrière...

Le gardien se tourne vers l'avion.

— D'ailleurs, c'est peut-être ce qu'il a déjà dû faire pour votre cheval, qui est ce soir le seul passager, le reste n'est que du fret... Ce qui m'étonne, c'est que le débarquement de cette bête ne soit pas encore commencé. En général...

Brusquement, le gardien arrête de parler, le regard fixé sur l'avion.

Black vient de surgir au sommet de la rampe. L'homme le tient par le licol.

— Le voilà, reprend le gardien. Le débarquement va se faire sans difficulté.

— Sûrement, murmure Henry en posant la main sur le bras d'Alec.

Il n'a aucune peine à se rendre compte que l'homme n'a pas la partie facile.

Black secoue la tête, se débat sauvagement. Il pousse des hennissements de mépris, et ses yeux lancent des éclairs. Il fait un pas en avant, s'engage sur la rampe, s'arrête, comme ébloui par les lumières, les oreilles orientées dans la direction d'un autre avion qui atterrit à quelques centaines de mètres, dans un fracas de tonnerre.

Arrogant, noble, magnifique, il fait penser à une statue géante. Sa tête, petite, dont le front s'orne d'une mèche soyeuse, se dresse majestueusement à l'extrémité de son encolure longue, épaisse, fortement arquée. Pour le reste, aucun sculpteur ne pourrait rendre la beauté de son corps, ses lignes souples, gonflées de muscles.

L'homme tire sur le licol, pour inciter son « passager » à descendre la rampe. Black progresse de deux pas. Soudain, sans crier gare, il se cabre, soulevant presque l'homme accroché des deux mains au licol.

Ce n'est plus un animal superbe à contempler. C'est un prisonnier furieux, qui lutte pour se libérer. Pour le forcer à se reposer sur ses antérieurs, l'homme le frappe sur les naseaux. Black est bien contraint d'obéir, mais en apparence seulement. Car, dès qu'il se trouve de nouveau d'aplomb sur ses quatre membres, il bondit en avant.

À l'instant où Alec accourt vers lui, l'étalon, d'un dernier effort, vient d'arracher le licol à la main de l'homme. Puis, en deux nouveaux bonds, il franchit toute la longueur de la rampe et se lance au galop sur la piste. Cependant, il ne tarde pas à être arrêté par le rugissement assez proche d'un réacteur d'avion. Les prunelles dilatées, il fait demi-tour et frôle presque le jeune garçon.

Il s'arrête encore, fait de nouveau demi-tour, secoue sa crinière ébouriffée, se plante devant Alec, la tête haute, le corps frémissant.

— Black, Black, répète Alec en rendant à l'étalon regard pour regard.

Il sent que le grand cheval le reconnaît. Mais il ne veut pas commettre la moindre imprudence. Pour le moment, il ne peut qu'attendre et espérer.

Maintenant, Black a repris la même immobilité de statue que lorsqu'il est apparu au sommet de la rampe, et seuls ses naseaux sont agités d'un frémissement continu. Pendant plusieurs minutes, il paraît indécis. De temps à autre, il détourne ses yeux d'Alec, regarde lentement à droite, à gauche. Il n'avance ni ne recule. Mais on le devine sur ses gardes, confiant en sa force.

Alec lui parle, sans bien se soucier de ce qu'il dit. Il sait que ce qui compte, c'est le son de sa voix, sans oublier son odeur dont Black a sûrement gardé un souvenir précis.

L'étalon l'écoute, hume son odeur. Enfin, il s'avance, puis se mit à trotter, la tête toujours haute, la queue dressée.

Alec lui pose la main sur le front. Black n'essaie pas de se dérober. Alors, le jeune homme lui entoure l'encolure de ses bras et enfouit son visage dans l'épaisse crinière.

Quand Henry parle, il ne paraît pas l'entendre.

— Puisque tu le tiens, dit Henry, ne perdons

plus une seconde. Si nous lui laissons le temps de...

Black, lui, a entendu la voix de l'entraîneur. Il se jette de côté. Alec prend le licol.

— Viens, Black. Nous allons rentrer chez nous.

Après une courte hésitation, ils se mettent en marche côte à côte. Henry a invité tous les employés à rester à l'écart de la porte. Ceux-ci, immobiles, suivent Alec du regard tandis qu'il fait sortir l'étalon de l'aérodrome.

Le jeune garçon conduit Black vers le van. Henry marche à quelques pas derrière eux, murmurant pour lui-même :

— Tout s'est passé assez bien, en somme comme Alec le désirait, et mieux que je ne m'y attendais. Et si les choses s'étaient gâtées ? Si Black n'avait pas reconnu Alec ? L'incident aurait été dans les journaux demain matin. Au fond, j'ai l'impression que les employés de la Transworld Airlines ne sont pas mécontents d'être débarrassés de ce passager encombrant...

En monologuant ainsi, Henry regarde l'étalon marcher d'un pas léger près d'Alec. Black paraît très calme. Il semble avoir oublié la sauvagerie qu'il a déployée jusque-là. Il ne montre plus la moindre nervosité. Il se contente de balancer sa tête de droite et de gauche, comme s'il voulait tout observer autour de lui. Et pourtant, il reste une bête énergique, pleine de feu, prête à chaque instant à redevenir furieuse.

Lorsqu'il voit que Black se dérobe à deux pas du van dont l'abattant repose sur le sol, Henry s'arrête. Puis il s'avance avec l'intention de prêter main-forte à Alec. Mais il se ravise, s'arrête de nouveau.

Alec attend avec patience que le cheval change d'humeur. Depuis le débarquement, il n'a cessé de lui parler. Il le contraint à décrire plusieurs cercles, le reconduit vers l'abattant, s'y engage lui-même. Black, après s'être fait encore un peu prier, suit enfin son ami, et les planches résonnent sous le martèlement de ses sabots.

Henry court vers le van, se dépêche de relever l'abattant. Tandis qu'il achève d'en manœuvrer la fermeture, Alec lui crie de l'intérieur :

— Je vais voyager avec lui !

— Comme si je n'y avais pas pensé ! réplique l'entraîneur.

Une grande heure plus tard, Henry traverse Flushing, puis stoppe devant la grange. Il fait reculer le van tout contre un monticule qui se dresse sur le côté de l'allée, descend du véhicule, ouvre l'abattant et en pose l'extrémité sur le sommet du monticule. Ainsi, la pente étant moins abrupte que si l'abattant était posé directement sur le sol,

Alec aura moins de difficultés à faire descendre l'étalon. Ensuite, Henry se rend à la grange, ouvre la porte et donne de la lumière. Napoléon lève la tête et pousse un hennissement étouffé.

— Tu vas recevoir la visite d'un vieil ami, lui dit Henry. Peut-être le reconnaîtras-tu...

Puis il se retourne vers le van en entendant le bruit des sabots de Black sur les planches. Comme Henry l'a prévu, Alec n'a aucune peine à faire descendre l'étalon, et il le conduit par le licol vers la grange. Les lèvres de Black sont agitées de mouvements convulsifs, ainsi que ses yeux et ses oreilles.

— Regardez-le, Henry, fait Alec. Il sait bien où il est !

Black entre dans la grange. Dès qu'il a aperçu Napoléon, il pointe ses oreilles, jette un hennissement semblable à une note prolongée de trompette, s'avance vers la stalle du vieux cheval gris. Napoléon tend innocemment la tête dans la direction du nouveau venu, tandis que celui-ci continue à se rapprocher, les naseaux frémissants.

— Attention ! fait Henry aussi bien pour Alec que pour Napoléon. Avec lui, il vaut mieux être prudent.

Mais Napoléon n'a pas peur de Black et, maintenant, sa longue tête grise touche presque l'encolure de Black, lequel, dans une immobilité totale, semble examiner le vieux cheval avec curiosité.

Au bout de plusieurs minutes, Alec ouvre la stalle vide. Black s'en approche et, les naseaux toujours frémissants, il s'y introduit sans qu'Alec ait besoin de le stimuler du geste ou de la parole.

Henry attend que le jeune garçon ait jeté quelques fourchées de foin dans le râtelier et versé de l'eau fraîche dans l'auge. Cependant, lorsqu'il a constaté qu'Alec semble avoir l'intention de rester auprès de Black, il se dirige à pas lents vers la porte de la grange.

« Il doit être content, songe-t-il. Il voulait recommencer la même existence qu'avant, être seul avec Black aussi souvent qu'il en aurait envie. Mais ça ne peut pas marcher. Quelqu'un va certainement apprendre que Black est revenu, et la nouvelle se répandra très vite. Que se passera-t-il alors ? Personne ne le sait. Toutefois, il est encore trop tôt pour mettre Alec face à la réalité. Qu'il soit heureux aussi longtemps que possible ! D'ailleurs, ça ne durera pas. Avec un animal comme Black, ça ne peut pas durer... »

Sans bruit, Henry ouvre la porte de la grange et s'éloigne dans la nuit, laissant Alec tête à tête avec son cheval.

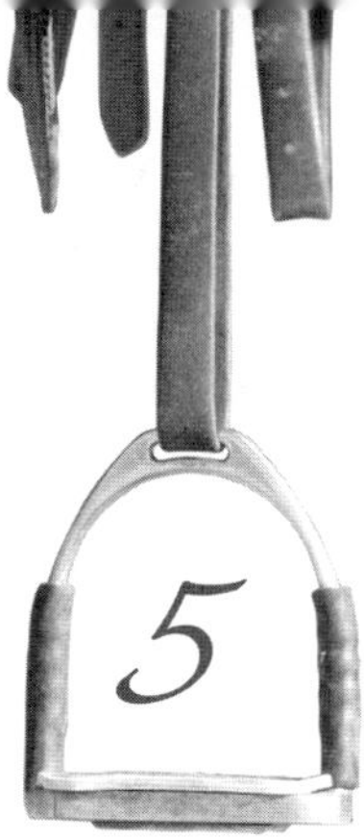

5 Au grand galop

Il est encore très tôt, le lendemain matin, lorsqu'Alec, après quelques heures de sommeil, revient à la grange. Il va droit à Black et passe ses doigts dans la longue crinière de l'étalon pour en enlever les brins de paille dont elle est mêlée.

— Tu n'étais guère brillant hier soir, dit-il à mi-voix.

Black répond d'un hennissement et suit Alec jusqu'à la petite auge pendue à l'un des coins de la stalle. Alec la décroche, sort, ferme la porte derrière lui. Il entre dans la stalle de Napoléon, y décroche également l'auge, puis il se rend à l'extérieur de la grange et ouvre le robinet fixé au mur de façade du bâtiment. À son retour dans la grange, il entre d'abord chez Napoléon et remet son auge en place. Puis il rejoint l'étalon. Mais, au lieu d'opérer pour la deuxième auge comme il l'a fait pour celle du vieux cheval gris, il la tend à Black. Ce dernier flaire l'eau, puis y plonge avec délicatesse ses naseaux finement ciselés et, pendant qu'il boit, Alec en caresse la peau moelleuse comme du velours.

Quelques minutes plus tard, il se rend à la sellerie, ouvre le coffre à avoine, y puise deux mesures, l'une pour Napoléon, l'autre pour Black. Pendant que l'étalon mange, il nettoie la stalle, y répand de la paille fraîche. Ce travail terminé, il retourne à la sellerie. Il y ouvre un autre coffre où il prend une brosse et une étrille. Il va abaisser le couvercle, quand il aperçoit la couverture pliée...

Il la prend, non sans jeter en même temps un regard à l'un des murs de la pièce. Il la déplie, tient quelques instants au bout de ses doigts la photographie représentant la tête de Black et, les yeux brillants, il va l'épingler de nouveau au mur, exactement à la place qu'elle occupait auparavant. Après quoi, il sort de la sellerie.

Quand Alec commence de le brosser, Black se déplace, comme s'il était gêné et irrité. Mais le jeune garçon, indifférent à la lueur inquiétante qui s'est allumée dans les prunelles de l'étalon, l'accompagne dans ses moindres mouvements, se déplace avec lui. Après lui avoir brossé l'encolure, le dos, le ventre, il lui brosse la croupe, puis la queue qu'il débarrasse de quelques brins de paille. Après quoi, se penchant, il soulève les pieds l'un après l'autre et nettoie les soles des sabots, enlève la boue mêlée de fumier qui les emplit. Quand il se redresse, il se rend compte que, dans les prunelles de Black, la lueur s'est changée en une flamme traversée d'étincelles, une flamme de colère qu'il connaît de longue date. Alors, il s'approche, place la brosse sous la bouche de l'étalon en disant :

— Tu vois, tu n'as aucune raison d'avoir peur. Cette brosse ne peut pas te faire de mal. Quant à moi, je suis toujours le même. Je ne te veux que du bien.

Il tire de sa poche un chiffon et le passe sur le corps luisant de la bête, sur ses jambes si longues, si vigoureuses. Lorsqu'il en a terminé, il constate que Black mange les derniers grains de son avoine et que ses yeux ont retrouvé leur douce et sombre profondeur. Et il comprend que l'étalon, après un instant d'hésitation, accepte de nouveau qu'il le soigne et veille sur lui.

Au fond de la stalle, il y a une porte à glissière. Alec s'avance vers cette porte, tend la main pour l'ouvrir. À ce moment, il s'aperçoit que l'étalon l'a rejoint et se tient près de lui, les oreilles pointées, la tête haute. Il fait glisser le battant, s'efface pour laisser le passage libre.

Quelques secondes, Black reste immobile dans la lumière venant de l'extérieur, les lèvres retroussées, les naseaux dilatés par un hennissement sourd. D'un pas prudent, il franchit le seuil. Ses yeux oscillent sans cesse de droite et de gauche, ses oreilles, agitées d'un mouvement constant, cherchent à capter le moindre bruit.

Un couloir assez étroit va de la stalle à la prairie. Quand Black se trouve dans l'herbe, il pousse un deuxième hennissement, de joie cette fois, et il part au petit trot, sa longue queue flottant derrière lui.

Laissant ouverte la porte de la stalle, Alec fait demi-tour, rentre dans la grange, la traverse en courant sur toute sa longueur, en sort et, toujours à la même allure, va jusqu'à une haute barrière de bois. Et, immédiatement, il fixe son regard sur l'étalon qui, déjà, passe du trot au petit galop.

Le jeune homme se hisse sur le sommet de la barrière, profondément heureux à l'idée que rien au monde ne peut égaler son cheval.

L'étalon galope le long du mur de pierre... et s'arrête à l'extrémité de la prairie. Au bout de quelques secondes, il repart au trot jusqu'à l'autre mur, celui qui borde l'avenue, il s'arrête encore, comme pour contempler les arbres. Soudain, une voiture apparaît, dont le moteur semble produire un bruit d'orage dans le calme du matin.

Alors, Black secoue la tête, fait demi-tour, remonte la prairie. À peu de distance d'Alec, il se plante sur ses quatre membres, l'encolure presque aussi courbe que celle d'un cygne, la mèche de son front soulevée par le vent.

Il ne garde qu'un bref instant cette immobilité de statue. Soudain, il paraît furieux. Il rue, fait quelques foulées, rue de nouveau, s'élance au galop jusqu'à l'extrémité de la prairie. Là, il se couche sur le dos, se roule, écrasant l'herbe, frappant l'air de ses quatre sabots avec des grognements de satisfaction. Mais il ne tarde pas à se redresser, avec quelle rapidité ! Il bondit en avant, fonce au grand galop. Il ne ralentit qu'au voisinage du mur, bondit encore une fois, parcourt la prairie sur toute sa longueur, s'arrête devant Alec, et plus près que la première fois.

Si près que le jeune homme peut passer sa main dans la crinière emmêlée, sur l'encolure soyeuse. Si près même qu'il pense : « Comme ce serait simple et facile de sauter sur son dos ! » Et c'est ce qu'il fait, sans y réfléchir, instinctivement.

L'étalon n'est pas surpris. Il démarre sans à-coups, d'une allure souple, régulière. « Quelle différence avec Satan ! » se dit Alec. D'abord, Satan est plus corpulent que son père. Et on ne le monte avec facilité que lorsqu'il a atteint le grand galop. Alors – et alors seulement – il perd cette lourdeur si sensible au trot et au galop ordinaire ou allongé.

Dès que Black s'élance, Alec se penche en avant, pressant ses mains contre l'encolure. Il a également oublié que Black lève très haut la tête au grand galop, alors que Satan tient la sienne au même niveau que le reste de son corps, et que ses oreilles se plaquent contre son crâne. Oui, ces deux chevaux sont très différents l'un de l'autre. Mais, qu'il monte Black ou Satan, Alec serre entre ses genoux des muscles également puissants, ces muscles qui semblent une réserve inépuisable de force et de vitesse.

En arrivant au bout de la prairie, Black décrit un brusque crochet. Alec pourrait perdre l'équilibre. Cependant il n'en est rien. Il fait corps avec sa monture. Il l'accompagne dans ses moindres mouvements et s'émerveille de la rapidité et de la vigueur avec laquelle elle reprend sa course.

*

* *

Dans un demi-sommeil, Henry perçoit un roulement qui ressemble à celui que produisent les sabots d'un cheval lancé au galop. Il se retourne sur son lit, vers le mur, afin de ne plus voir la fenêtre ouverte sur la prairie. Les paupières abaissées, il grommelle : « J'ai des visions ou plutôt des hallucinations auditives. C'est dimanche aujourd'hui. Donc, pas question pour moi de travailler. Satan se repose. Pas un cheval à des kilomètres à la ronde... sauf Napoléon. Mais même lui ne travaille pas aujourd'hui. J'ai l'impression qu'il est tôt, très tôt... »

Il ouvre les yeux, jette un regard à la pendule placée sur la commode. Un peu plus de six heures... Il va refermer les yeux, quand il entend de nouveau ce roulement caractéristique. Il s'assoit brusquement. Black ! Alec !

En deux enjambées, il est à la fenêtre, entraînant dans sa hâte ses couvertures avec lui. Il voit la silhouette noire qui remonte la prairie à la vitesse d'une flèche. Mais il ne voit pas Alec. Celui-ci est en effet couché sur l'encolure et presque entièrement caché par la crinière. Henry scrute les abords de la grange, puis reporte son regard sur l'étalon. C'est alors qu'il découvre Alec.

— Maudit gamin ! marmonne-t-il. Il aurait tout de même pu m'attendre.

Il attrape ses vêtements posés sur une chaise, les enfile aussi vite que possible, mais sans cesser de surveiller l'étalon et son cavalier.

Comme Black ralentit à l'un des angles de la

prairie, Henry constate qu'il ne porte ni selle ni bride et qu'Alec, pour le guider, se sert uniquement de ses mains posées à plat sur l'encolure.

Le vieil entraîneur secoue la tête.

— Alec refuse d'admettre que ce cheval peut être méchant. Et il refusera toujours. C'est peut-être pour ça qu'il ne lui arrive rien...

Il ajoute intérieurement en enfilant avec moins de hâte les manches de sa chemise :

— J'aurais tort de m'inquiéter. Il ne semble pas avoir le moindre ennui.

Il ne peut s'empêcher d'admirer les brusques accélérations de Black sur la longueur et la largeur de cette prairie modeste. Il y a une sorte de sauvagerie dans les moindres mouvements de l'étalon. Pourtant, avec quelle docilité il obéit aux ordres qu'Alec lui donnent ! Et bientôt, sur ses injonctions, Black passe du grand galop au galop allongé. Un moment même, Henry le voit qui, sans ralentir, lève son antérieur droit comme pour frapper un oiseau qui s'envole à quelques mètres de lui.

À courte distance de la barrière, il s'arrête, toujours sur l'ordre d'Alec, et se met à brouter.

Se détournant de la fenêtre, Henry cherche du regard ses chaussures. Lorsqu'il les a trouvées, il s'assoit au bord de son lit.

— Ce qu'il faudrait, dit-il à mi-voix, c'est

que cette situation se prolonge aussi longtemps que possible. Tant qu'Alec et Black seront seuls ensemble, rien à craindre. Mais, si les journalistes apprennent que Black est ici, ils feront un tel raffut qu'Alec sera contraint d'engager l'étalon dans différentes épreuves. Alors, les choses changeront. Dès qu'il se trouvera sur une piste, dans le voisinage d'autres chevaux, Black ne pensera plus à son ami Alec. Or, moi, je n'ai pas envie d'être témoin d'une situation pareille. Il faut que je mette tout en œuvre pour empêcher que ça arrive.

Henry se penche en avant, met ses chaussures, commence de les lacer. Cette opération terminée, il reste dans la même position, les yeux rivés au tapis. Quand il se redresse, son visage est empourpré par le sang qui lui monte à la tête. Mais de petites étincelles pétillent dans ses yeux.

— Ça y est ! s'exclame-t-il. Je crois que j'ai trouvé la solution.

Et il sort en courant de la chambre.

Lorsqu'il arrive à la barrière, Alec et Black sont toujours immobiles à l'extrémité de la prairie. Il appelle :

— Alec ! Alec !

Mais le jeune homme ne paraît pas l'entendre. À ce moment, Henry perçoit un grincement, celui que produit habituellement la grille quand on l'ouvre. Il se tourne dans cette direction et voit M. Ramsay qui gravit d'un pas rapide l'allée conduisant à la grange. Selon toute évidence, M. Ramsay, lui aussi, s'est habillé en hâte. Il ne porte pas de cravate, et le col de sa chemise reste déboutonné. Il a gardé ses pantoufles et oublié manifestement de se donner un coup de peigne.

Dès qu'il a rejoint Henry, celui-ci voit une telle inquiétude dans les yeux du nouveau venu qu'il ne peut s'empêcher de dire :

— Vous savez, tout va le mieux du monde.

— Je l'espère bien, répond M. Ramsay.

Quelques instants, il reste le regard fixé sur Alec et sur Black. Puis, se tournant vers Henry :

— Vous avez raison, tout semble aller le mieux du monde. Mais j'aimerais, Henry, connaître votre opinion. Dans quelle mesure Black est-il dangereux ?

Henry affecte de s'absorber dans la contemplation du cavalier et de sa monture.

— L'essentiel, explique-t-il, c'est d'être sur ses gardes, d'éprouver, non de la crainte, mais du respect pour ce dont un cheval est capable. Or, Alec a beaucoup de respect pour Black.

— Ça, je le sais, fait M. Ramsay. Donc, vous estimez qu'Alec n'aura pas d'ennuis avec Black ?

Henry se tourne de nouveau vers le père du jeune homme.

— Il y a des choses qu'on ne peut pas élucider, dit-il avec lenteur. L'une de ces choses est la facilité avec laquelle Black obéit à Alec. Dans des circonstances normales, je crois qu'Alec s'en fera toujours obéir...

— Dans des circonstances normales ? répète M. Ramsay. Qu'est ce que vous voulez dire, Henry ?

D'un mouvement de tête, l'entraîneur montre Alec et Black :

— Tant qu'ils seront seuls, comme ils le sont en ce moment...

— Mais, Henry, il n'est pas question qu'il en soit autrement ! réplique vivement M. Ramsay.

— Sans doute. Mais, si l'on apprend que Black est de retour... Dans ce cas, Alec se verra contraint de le faire courir, et ça avant d'avoir eu le temps de réfléchir à ce qu'il fait. En ce moment, il n'a qu'une pensée : garder Black pour lui-même. Mais, si les journaux se mettent à raconter qu'il y aurait intérêt à opposer Black à d'autres cracks – plus particulièrement à Satan –, Alec l'engagera dans le seul but de démontrer pour sa satisfaction personnelle que son cheval est le plus rapide. Cette idée, sans qu'il s'en doute, est sûrement ancrée dans sa tête et, si on lui force la main, si on manœuvre avec assez d'habileté pour l'amener à engager Black dans une épreuve quelconque, il ira jusqu'au bout.

— Si je vous comprends bien, Henry, vous estimez que Black ne devrait pas courir, n'est-ce pas ?

— Je sais que, sur une piste, avec les cris des spectateurs et la présence des autres étalons, Black se montrera plutôt remuant. Et je ne crois pas que son affection pour Alec soit assez forte pour l'empêcher de se battre contre ses semblables. Je peux certes me tromper. Mais je préférerais, si je me trompe, que mon erreur ne me soit pas démontrée sur un hippodrome.

— Personnellement, Henry, je crois que vous avez raison. Toutefois, il y a des chances pour que personne n'apprenne que Black est chez nous.

— Un cheval comme celui-là, il ne faut pas compter le cacher plus de quelques jours. Mais j'ai eu une idée, monsieur Ramsay. Vous vous souvenez de ce ranch dont nous avions projeté l'achat, Alec et moi, à l'époque où Satan courait dans diverses villes ?

— Oui, Henry, je m'en souviens. Vous aviez envisagé d'y créer votre propre élevage.

— C'est ça. Aujourd'hui, nous n'avons plus besoin de compter sur le retour de Satan. Nous avons Black. Je vais suggérer à Alec d'acheter cette propriété dès que possible. Et nous emmènerons Black avec nous.

— C'est une idée géniale, Henry ! crie presque M. Ramsay. Oui, vraiment géniale.

D'un même mouvement, les deux hommes se tournent vers la prairie, et Henry s'apprête à appeler Alec lorsqu'il voit, s'avançant dans l'avenue, un gros camion traînant une remorque. Il décide d'attendre que le véhicule soit passé. Mais soudain, il y a, venant du tuyau d'échappement du camion, une explosion assourdissante. Black fait un bond, s'élance au galop. Alec, surpris, est rejeté en arrière et, pour ne pas tomber, doit prendre appui des deux mains sur la croupe de l'étalon. Après quoi, il passe la jambe droite pardessus l'encolure, se laisse glisser le long du flanc gauche et atterrit avec légèreté dans l'herbe.

Quand il arrive au voisinage de la barrière et voit les deux hommes qui se tiennent de l'autre côté, Black passe du galop au trot. Il hennit, secoue la tête, se tourne dans la direction d'Alec. Une minute, il suit du regard le jeune homme qui s'avance à son tour vers la barrière. Puis il se remet à brouter.

Quand Alec est à portée de voix, Henry lui dit :

— Tu ne t'y attendais pas. Tu as bien failli avoir encore un accident.

Alec s'arrête un instant près de l'étalon, le caresse et s'approche encore.

— Je sais, répond-il d'un air confus. Mais ça ne se reproduira pas.

— Il y a trop de bruit pour Black, ici, intervient M. Ramsay.

— C'est vrai, approuve Henry. Il manque également d'espace. Pourquoi tu ne l'emmènerais pas autre part ?

Alec, avec une expression intriguée, dévisage tour à tour Henry et son père :

— L'emmener ? Où ça ?

— Ton père et moi, explique Henry, nous étions en train de parler de ce ranch que nous avions projeté d'acheter, où nous pourrions élever des poulains. Je suis prêt à le faire sans plus de retard. Avec ce que Satan a gagné récemment, nous avons plus d'argent qu'il ne nous en faut.

— Moi aussi, je suis prêt à m'y mettre..., commence M. Ramsay.

Il se reprend :

— Si vous acceptez, naturellement, que je me joigne à vous.

Les yeux agrandis par la surprise, Alec regarde Black. Puis, se retournant vers Henry :

— Nous emmènerions Black ?

— Pourquoi pas ?

Un brusque enthousiasme a coloré le visage d'Alec. Mais, bientôt, ses yeux s'assombrissent.

— Et vous, Henry ? Vous ne pourrez pas nous accompagner... du moins aussi longtemps que Satan continuera de courir.

— En effet, reconnaît Henry. Cependant, ça ne doit pas t'empêcher de partir là-bas en éclaireur, de mettre le ranch en état d'exploitation, de faire réparer les bâtiments, d'acheter des juments. Oh ! tu auras de l'ouvrage !

— Je serai là pour t'aider, Alec, dit M. Ramsay.

Ayant décelé le doute dans les traits du jeune homme, Henry se dépêche d'ajouter :

— De toute façon, cet été, je vais être sans cesse par monts et par vaux avec Satan. Mon travail, à moi, Alec, c'est d'entraîner les chevaux. Toi, tu es en quelque sorte, dans notre association, à l'autre extrémité de la chaîne. Tu seras celui qui élèvera poulains et pouliches, qui leur apprendra les bonnes manières.

Henry ajoute avec un sourire :

— Ces bonnes manières que tu as apprises à Satan quand je croyais qu'il me serait impossible d'en venir à bout.

— Bien sûr Henry, insiste Alec, mais sans vous, ça ne sera pas la même chose.

— Tu ne seras pas toujours sans moi ! proteste

Henry. Je viendrai souvent. J'ai l'intention, dans l'une des prairies du ranch, de faire tracer une piste où nous entraînerons les poulains.

— Si seulement il pouvait en être ainsi ! soupire Alec.

— Pourquoi pas ? C'est possible si on achète le ranch et qu'on se met au travail dès maintenant.

— Mais, Henry, objecte Alec, si nous achetons cette propriété et si je m'y installe avec Black, qui montera Satan ?

— Il y a beaucoup de bons jockeys qui donneraient n'importe quoi pour le monter. Lenny Sansone l'a monté cet hiver et pendant tout le printemps. Je crois qu'il fera parfaitement l'affaire.

Henry reprend après un silence :

— Mais toi-même, Alec, rien ne t'empêchera de quitter le ranch de temps à autre pour monter Satan, comme tu l'as fait à maintes reprises. À moins que...

— À moins que je ne renonce à monter en course, interrompt Alec. C'est ce que vous vouliez dire, n'est-ce pas, Henry ?

L'entraîneur fait « oui » de la tête. Toutefois, il s'empresse d'ajouter :

— C'est à toi de décider, Alec. D'ailleurs, tu peux très bien être à la fois éleveur et jockey.

Tout en broutant, l'étalon s'est rapproché d'Alec. Celui-ci lui pose la main sur le garrot.

— Je choisis de rester avec Black, Henry, articule-t-il avec lenteur. Comme vous le disiez, je suis à l'autre bout de la chaîne...

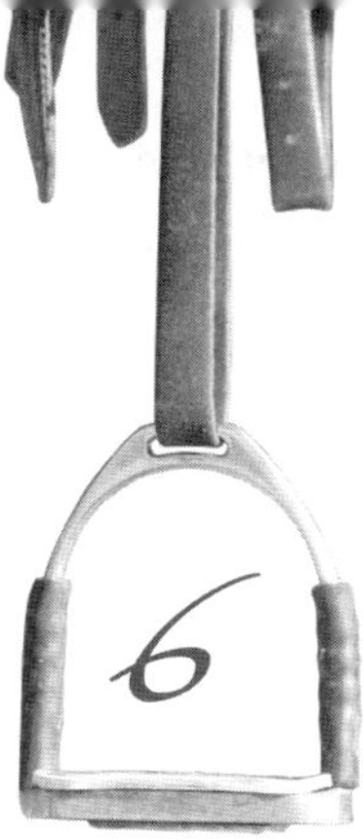

6 Encore un diamant…

Trois semaines plus tard, Alec se tient dans sa chambre. Assis devant son appareil radio, il attend le résultat d'une épreuve qui se court à Chicago, le Spécial d'Arlington. Satan prend part à cette épreuve. Dans un instant, un bulletin va donner le nom du vainqueur.

Par la fenêtre, Alec aperçoit Black qui broute dans un coin de la prairie où le soleil déjà bas projette des ombres. Il se réjouit d'avoir promptement et sans hésitation renoncé à monter en course.

« Ainsi, songe-t-il, on est maintenant inséparables, Black et moi ! »

Il a aussi l'impression que, pour lui, tout commence. Ayant abandonné la profession de jockey, il devient éleveur de chevaux, et son premier compagnon, dans cette nouvelle aventure, est Black, l'étalon le plus beau et le plus rapide du monde.

« Dans deux semaines, se dit-il encore, on sera là-bas... »

Ce domaine qu'il a acquis en association avec Henry, il a décidé de l'appeler le ranch de l'Espoir, car il fonde sur lui de grandes espérances. Il élèvera des poulains, leur donnera, selon l'expression de Henry, de bonnes manières. Henry sera leur entraîneur. Quant à M. Ramsay, il se chargera de la partie administrative.

« Pourquoi on ne réussirait pas ? se demande Alec. Les grands succès déjà remportés par Satan ne sont-ils pas la preuve que Black a transmis ses qualités à son fils ? Et pouvait-on faire meilleur emploi de l'argent gagné par Satan qu'en achetant ce domaine d'élevage ? »

Déjà, Alec voit des poulains et des pouliches, timides, un peu effarés, trottant tout près de leurs mères. Aucun de ces poulains, bien sûr, pas plus que Satan d'ailleurs, n'aura la valeur exceptionnelle de Black, mais ils en auront sûrement comme le reflet. Et ça suffira à leur assurer des triomphes sur les champs de courses...

Transporté par tant de perspectives heureuses, Alec se lève de sa chaise et s'approche de la fenêtre. Il reste un long moment à contempler Black. Et, à l'adresse de l'étalon, il murmure :

— Encore une quinzaine de jours, et tu disposeras d'immenses prairies où tu pourras galoper à ta guise. Oui, plus que deux semaines.

Il se souvient de Henry et de leur déception à tous les deux lorsqu'ils ont appris qu'ils ne pouvaient entrer en possession du ranch que le premier août. Henry aurait aimé que le jeune garçon et Black s'y installent avant de se rendre lui-même avec Satan à Chicago.

Mais, quelques semaines, c'est une attente bien courte, quand il s'agit de s'installer là où on veut passer le reste de sa vie.

C'est d'ailleurs ce qu'Alec a dit à Henry lorsqu'ils ont dû se séparer.

Alec se détourne vivement de la fenêtre lorsque la musique s'arrête et que le présentateur annonce :

— Nous interrompons ce concert pour vous donner les résultats du Spécial d'Arlington qui s'est couru cet après-midi à Chicago.

Le visage tendu, le jeune homme s'approche de l'appareil radio. Le présentateur poursuit :

— Ajoutant encore un diamant à ceux qui ornaient déjà sa triple couronne, Satan, dans cette épreuve, a battu de dix longueurs Star Pilot et a du même coup pulvérisé un record mondial, puisqu'il a couvert les deux mille mètres en une minute cinquante-neuf secondes.

Alec jette un hurlement qu'il étouffe aussitôt. En effet, le présentateur poursuit :

— Satan, poulain de trois ans, bien charpenté, a définitivement établi sa supériorité sur des chevaux plus vieux que lui et qu'il n'avait jamais rencontrés. Lenny Sansone, son jockey, a fait preuve d'une grande habileté. Il l'a dégagé du peloton à l'entrée de la dernière ligne droite, puis lui a rendu la main, de sorte que Satan, après avoir dépassé Star Pilot, vainqueur l'an passé du Kentucky Derby, a pu se lancer librement dans un galop irrésistible vers le poteau d'arrivée. Stepson, le crack californien, a terminé troisième, suivi de...

Lorsque le présentateur a atteint le dernier mot du communiqué, Alec ferme la radio et se retourne vers la fenêtre. Les yeux brillants, il dit à haute voix :

— Une minute cinquante-neuf secondes pour deux mille mètres !

Il secoue la tête d'un air stupéfait. Jamais, dans ses rêves les plus fous, il n'a imaginé qu'un cheval, même Black, puissse être aussi rapide.

Là-bas, dans la prairie, Black a cessé de brouter et se dirige vers la grange. Alec, une fois encore, admire son pas si souple, qui ne semble trahir aucun effort.

— Je me demande, reprend-il tout haut, si Satan pourrait le battre...

Il continue d'observer l'étalon, lequel ne tarde pas à s'arrêter près de la barrière de la grange.

— Non, dit-il à la fin, Satan ne pourrait pas le battre. Aucun cheval n'en serait capable. La tête dressée par-dessus la barrière, Black hennit. Un autre hennissement, venant de l'avenue celui-là, lui répond. Et Alec voit Napoléon qui s'avance de son trot lourd sur la chaussée. Il traîne la charrette dans laquelle Tony est assis et tient haut les guides. Alec appelle :

— Tony !

Le marchand ambulant lui répond d'un signe de main. Alec sort de sa chambre, dégringole l'escalier, court ouvrir la grille devant laquelle s'est arrêtée la charrette. Tony lui dit avec un éclair dans ses yeux noirs :

— Mon vieux Napoléon ne se sent plus quand il voit Black. C'est tout juste si je peux le retenir.

Napoléon, dès que la grille est ouverte, s'engage au trot dans l'allée conduisant à la grange. Alec doit se remettre à courir pour rester à la hauteur de la charrette.

— Vous savez, Tony, annonce-t-il d'une voix vibrante, Satan vient de gagner à Chicago le Spécial d'Arlington, et il a en même temps établi un nouveau record du monde !

— Voilà qui ne me surprend guère, répond Tony. J'ai toujours pensé que Satan gagnerait tout ce qu'il voudrait.

Devant la grange, il descend de la charrette et commence de déboucler les courroies du harnais. Alec va chercher un seau d'eau fraîche pour le vieux cheval gris. Mais celui-ci s'agite, piaffe. Tony lui dit :

— Ne bouge donc pas, Napoléon. Pour qui te prends-tu ? Pour un poulain ?

Alec revient avec le seau, le soulève pour que Napoléon puisse boire avec facilité.

— En outre, ajoute-t-il, Satan a battu aujourd'hui des chevaux plus âgés que lui et dont certains sont considérés comme les meilleurs des États-Unis.

Tony hausse les épaules.

— Satan est jeune et très puissant. Alors, pourquoi ne battrait-il pas des chevaux plus âgés que lui ? C'est grâce à sa jeunesse qu'il gagne.

Le marchand ambulant continue en caressant l'encolure de son cheval :

— Prends par exemple Napoléon. Quand il était jeune, il trottait sans cesse. Mais il a bien changé... Maintenant, prends Black.

Ils se tournent ensemble vers l'étalon qui va et vient d'un pas nerveux de l'autre côté de la barrière.

— Je suis prêt à parier, reprend Tony, qu'il n'est plus aussi rapide qu'il y a quelques années. Aujourd'hui, Satan le battrait, c'est sûr.

— Je ne suis pas de cet avis, réplique vivement Alec. Black, après tout, n'a que sept ans. Il est aussi rapide que jamais. Peut-être même plus rapide.

— C'est ce qu'il te semble, Alec. Eh bien, moi, je pense le contraire. C'est la jeunesse qui donne la rapidité.

Tony se tourne de nouveau vers Napoléon et conclut, en lui passant un licol :

— Maintenant, je vais le mettre à brouter.

Alec va vers la barrière, se glisse entre les barreaux. Black s'approche de lui. Le jeune homme presse sa tête contre l'encolure de l'étalon et murmure :

— Tu te rends compte ? Tout le monde te considère comme un vieillard, alors que tu n'as que sept ans ! Il n'y a pas un cheval, même Satan, qui pourrait rivaliser avec toi. Satan a couvert aujourd'hui les deux mille mètres en une minute cinquante-neuf secondes. Mais, toi, Black, tu pourrais galoper encore plus vite, n'est-ce pas ?

Depuis un instant, Black regarde Napoléon que Tony conduit vers la barrière. Alec tire de sa poche une carotte, la donne à Black et entraîne celui-ci à quelque distance, pendant que le marchand ambulant ouvre la barrière et fait entrer Napoléon dans la prairie.

Napoléon, dès qu'il est lâché, se lance au petit galop et, sans s'arrêter, passe assez près de Black. L'étalon le suit d'abord du regard, puis il hennit et se jette à sa poursuite.

Après avoir aidé Tony à refermer la barrière, Alec se retourne en direction des chevaux. Black décrit des cercles autour de Napoléon, tandis que ce dernier continue à galoper. Finalement, le vieux cheval gris s'arrête et se met à brouter. Black, lui aussi, s'arrête, attend, les yeux fixés sur Napoléon. À la fin, n'y tenant plus, il se met à galoper dans tous les sens. Napoléon continue à brouter, indifférent, au moins en apparence à l'étalon. Cependant lorsque Black se laisse tomber dans l'herbe et se roule sur le dos, Napoléon lève la tête, puis, à son tour, il se couche, mais avec lenteur, avec prudence, et enfonce son dos dans l'herbe drue.

— Napoléon n'a pas peur de Black, fait Tony fièrement en regardant les deux bêtes frapper l'air de leurs sabots.

— Pourquoi il en aurait peur ? demande Alec. Napoléon sait bien que Black est son meilleur ami.

Il ajoute :

— Si vous voulez rentrer chez vous, Tony, je

reconduirai Napoléon à la grange dès que la nuit sera venue.

— Merci, Alec. Je vais donc rentrer chez moi. J'ai eu une rude journée.

Longtemps après le départ du marchand ambulant, Alec continue d'observer Black. Jusque-là, il était persuadé qu'aucun cheval ne pouvait rivaliser en vitesse avec l'étalon. Mais tout change depuis que Satan a établi un nouveau record. De sorte qu'Alec sent se former en lui un doute. Or, il veut une certitude, et il la veut avant d'emmener Black au ranch de l'Espoir.

Pour ça, il ne voit qu'un seul moyen, et il décide de l'employer. Demain matin, à l'aube, il se rendra au parc de Flushing...

*

* *

Alec a glissé son réveil sous son oreiller. Aussi est-il seul à entendre la sonnerie lorsqu'elle retentit le lendemain, à quatre heures. D'un geste rapide, il se saisit du réveil, interrompt la sonnerie. Puis il s'allonge de nouveau, tendant l'oreille. Il perçoit les stridulations des sauterelles dans la prairie, mais rien d'autre. En tout cas, rien qui ressemble au bruit de la pluie, cette pluie qui, seule, aurait réduit ses projets à néant. Il se lève, met sa culotte de velours côtelé, enfile son sweat-shirt. Ensuite, il s'assoit au bord du lit pour se chausser. De la chambre voisine, lui parvient la respiration régulière de ses parents. Lorsqu'il a fini de s'habiller, il s'approche du petit bureau placé près de la fenêtre, y prend sa casquette, s'en coiffe. Puis, ayant ouvert l'un des tiroirs du bureau, il en retire un chronomètre qu'il place dans sa poche.

« Deux mille mètres en une minute cinquante-neuf secondes, se répète-t-il. Oh ! Black battra sûrement le record de Satan ! »

Il sort de la chambre, descend l'escalier avec lenteur, en s'efforçant de ne pas faire craquer les marches. Il veut que personne ne sache ce qu'il a l'intention de faire. De toute façon, son absence sera assez courte. Les rues qu'il se propose d'emprunter sont désertes à cette heure matinale et, dans le parc, il n'y aura pas un chat. Il sait avec précision où il se rend : à l'endroit où s'amorce la piste cavalière. Elle s'étend du septième tee du parcours du golf jusqu'à un orme gigantesque qui se dresse en face du neuvième trou, et elle a exactement deux mille mètres. Alec et Henry l'ont mesurée avec précision un an plus tôt, quand ils ont fait faire à Satan ses premiers pas, avant de lui imposer un entraînement véritable sur une piste d'hippodrome. Mais, pour Black, il n'est pas question ce matin-là de « premiers pas ». L'étalon galopera de toute sa force, de tous ses muscles, de tous ses moyens ! L'épreuve sera brève, si brève même qu'Alec compte bien avoir regagné la grange avant que Tony et Napoléon l'aient quittée.

Dès qu'il est sorti de la maison, Alec traverse l'avenue en courant. Il ouvre les deux battants de la grille et se dirige d'un pas rapide vers la grange. Il y pénètre sans allumer la lumière, s'arrête pour caresser Black qui l'a salué d'un hennissement, puis il se rend à la sellerie. Il en ressort bientôt, portant une bride, une couverture et une selle légère.

Vivement, dans la pénombre, il se met à l'ouvrage. Black a un mouvement nerveux lorsque la couverture, puis la selle sont posées sur son dos. Mais il ne tarde pas à s'apaiser au contact des mains d'Alec et au son de sa voix.

— Ce matin, dit le jeune homme, il faut que tu gardes l'estomac vide. Tu ne mangeras qu'au retour.

Lorsqu'il lui a passé la bride, il le conduit hors de la grange. L'étalon, les naseaux dilatés, ne cesse de s'ébrouer. Alec se sert du banc placé le long de la façade de la grange pour sauter en selle.

Il serre fortement dans ses genoux le garrot de l'animal et il l'engage dans l'allée. Un instant, il hésite : va-t-il franchir la grille et suivre l'avenue ?

Henry, il ne l'ignore pas, désapprouverait ce qu'il s'apprête à faire. Il lui a dit avant de le quitter :

— Fais bien attention ! On ne doit pas soupçonner que le cheval qui est chez nous... c'est Black !

Mais personne, et Henry en premier lieu, ne saura rien. Cette expédition ne concerne strictement qu'Alec et Black.

Au bout de quelques minutes, le jeune homme fait tourner l'étalon dans une ruelle passablement boueuse et, sur ce sol mou si différent du pavé de l'avenue, il le met au petit galop. Il sera au parc juste à l'aube, et peu après de retour à la grange. Pourquoi, dans ces conditions, s'inquiéter ? Depuis plusieurs semaines, Black galope à sa guise aux quatre coins de la prairie. Il est donc prêt à couvrir deux mille mètres à toute vitesse. Et ça lui fera sans aucun doute beaucoup de bien... Alec dit à haute voix en palpant dans sa poche le chronomètre :

— Je ne vais pas tarder à être renseigné, même si je reste seul à l'être. Car il faut que je sache à quoi m'en tenir. Il le faut absolument !

Un quart d'heure plus tard, le cavalier et sa monture s'engagent sous les arbres du parc et atteignent bientôt la piste cavalière. L'étalon commence à tirer sur les rênes. Alec le maîtrise de son mieux, lui parle sans cesse, persuadé toutefois que le moment approche où il ne pourra plus le retenir.

« N'oublie pas, se répète-t-il, que ce n'est pas Satan que tu montes, et que Black n'obéit que lorsqu'il le veut bien. Or, il a envie de foncer. Ça se sent à ses moindres mouvements. »

Et, à haute voix :

— Un peu de patience, Black. Encore quelques instants. Puis tu pourras faire ce que tu veux...

Il sait que, lorsqu'il l'aura lâché, il ne pourra plus l'arrêter, du moins aussi longtemps que la puissante bête n'aura pas atteint les limites de l'épuisement.

La piste cavalière entoure le terrain de baseball et, juste de l'autre côté de ce terrain, se trouve le parcours du golf et le septième tee. Le jeune homme se décide : c'est à cet endroit qu'aura lieu le démarrage.

L'aube commence à répandre sa lumière grise. Alec peut se féliciter : jusque-là, son plan se déroule point par point. Black secoue la tête, tente d'allonger son galop. Alec se dresse presque debout sur ses étriers. Bientôt, il ne pourra plus retenir sa monture. Heureusement, la ligne idéale de départ se rapproche d'instant en instant.

Ayant contourné le terrain de baseball, l'étalon et son cavalier se rapprochent sans cesse du septième tee. Alec aperçoit là-bas, sur les pelouses vertes du golf, l'orme au pied duquel se terminera cette course contre la montre. La piste cavalière affecte à peu près la forme d'un fer à cheval : une piste rectiligne, un large virage et une autre piste, parallèle à la première et passant devant l'arbre géant.

Toujours presque debout sur ses étriers, Alec s'efforce de contraindre Black à faire en quelque sorte du sur-place.

— Il faut partir arrêté, lui dit-il, exactement comme dans une vraie course. Allons, doucement, mon vieux. Encore un peu de patience. Doucement. Au pas, au pas. Voilà, c'est parfait.

Lorsqu'il est à la hauteur du septième tee, Alec tire le chronomètre de sa poche. Une simple pression de son pouce, et les aiguilles se mettront en marche.

— Doucement, doucement, Black. Maintenant, arrêtons-nous. Nous sommes sur la ligne de départ. Ne bougeons plus, Black, ne bougeons plus.

Il sait que l'expérience qu'il s'apprête à tenter sera bien différente d'une épreuve classique, sur la piste d'un hippodrome, et il ne peut s'empêcher d'éprouver une émotion qu'il transmet involontairement à sa monture. Black a pointé ses oreilles. Ses yeux sont fixés droit devant lui. De toute évidence, il sait ce que l'on attend de lui.

D'ailleurs, il ne bouge pas. Il a cessé de sautiller, de piaffer. Alec se décolle de la selle, se penche sur l'encolure, n'étant plus relié à l'étalon que par ses genoux. Et, brusquement, en même temps qu'il détend les rênes, il déclenche le mécanisme du chronomètre.

Il est prêt, persuadé que Black démarrera plus vite que Satan. Il se dit : « Il va bondir en avant et sera au grand galop presque tout de suite. »

Cependant, lorsque le démarrage se produit, il se rend compte qu'il a encore sous-estimé Black. Il a l'impression d'être projeté par une catapulte ! Il presse sa joue contre l'encolure de l'étalon, ce qui ne l'empêche pas d'avoir le souffle coupé par la formidable puissance qui l'emporte.

Black fait voler derrière lui des gerbes de sable. Déjà, il fonce, faisant avec plaisir ce pour quoi il est né.

Alec, le visage fouetté par le vent, doit fermer les yeux. Il serre toujours les rênes dans ses mains. Mais il sait qu'elles ne lui sont plus d'aucun usage. Nulle force humaine ne peut arrêter l'étalon ni même l'obliger à ralentir tant qu'il ne sera pas fatigué de galoper. Au bout du compte, quelle importance ? Pour Alec, ce qui compte maintenant, c'est d'observer le déroulement des secondes sur le chronomètre jusqu'à l'orme géant.

Black aborde le virage. Alec lui frôle l'encolure, et ça suffit pour que l'étalon se rapproche de la corde. Le jeune garçon se surprend à exciter sa monture par des claquements de langue, car déjà le tournant est dépassé et, devant eux, apparaît la dernière ligne droite.

Alec n'arrête pas de répéter :

— Black ! Black !

Mais la litanie se perd dans le ronflement du vent. À quoi bon continuer de stimuler l'étalon ? Ses foulées deviennent de plus en plus larges, de plus en plus rapides, de sorte que l'orme géant se rapproche à la vitesse de l'éclair. D'ailleurs, l'arbre n'est plus qu'à cent mètres... Et bientôt il n'est plus qu'à cinquante, à dix, à cinq mètres... À l'instant précis où Black passe devant lui, Alec appuie sur le bouton du chronomètre.

La course est terminée. Pas pour Black cependant ! Il continue de galoper à la même allure. Au début, Alec le laisse faire. Puis, quatre cents mètres environ après l'orme, il tire sur les rênes... Peine perdue !

L'une des allées du parc vient d'apparaître sur la droite, placée parallèlement à la piste cavalière. Alec sait qu'elle ne rejoint la piste que cinq kilomètres plus loin. Et il se rassure à la pensée que Black sera fatigué de galoper bien avant d'atteindre le croisement.

Un bon moment encore, l'étalon continue sans donner le moindre signe de fléchissement. À la fin cependant, répondant aux sollicitations répétées de son cavalier, il accepte de ralentir. Alec l'a presque repris en main lorsqu'il aperçoit une voiture qui roule dans l'allée parallèle à la piste. Black, surpris par le bruit du moteur, repart de plus belle, dépasse la voiture de plusieurs centaines de mètres, et Alec a toutes les peines du monde à le remettre au petit galop.

— Doucement, Black, doucement, dit-il en caressant l'encolure blanche de sueur.

L'étalon obéit, mais graduellement, et Alec peut enfin se rasseoir sur la selle.

C'est alors qu'il se souvient du chronomètre qu'il étreint. Black a-t-il battu – une minute cinquante-neuf secondes – le record de Satan ?

« Satan serait incapable de galoper comme Black vient de le faire, se dit-il. D'ailleurs, j'en ai la preuve, ici même, dans ma main. »

Il ouvre les doigts, se penche sur le cadran... et l'incrédulité agrandit ses yeux.

Deux minutes exactement ! Une seconde de plus que le record établi par Satan la veille !

Il élève le chronomètre, le rapproche de son visage. Il croit rêver. Non, non. Satan n'a pas pu aller aussi vite... Aucun cheval n'est capable de...

Pourtant, la preuve de la supériorité de Satan est là, irréfutable, sur ce cadran !

Black caracole maintenant sur place. Fiévreux, nerveux, il tourne la tête à droite, à gauche. Alec se remet à le caresser. En même temps, avec l'énergie du désespoir, il lui cherche des excuses :

« Le chronomètre est peut-être détraqué... Non, impossible... Je l'ai fait réviser il y a moins d'un mois. »

Il réfléchit :

« Évidemment, il y a cette piste cavalière. Le sol en est trop mou pour la vitesse. Alors que Satan, lui, a eu hier un sol ferme, un sol dur, comme il les aime. »

Il poursuit sa méditation :

« Oui, sur une vraie piste d'hippodrome, Black aurait fait un temps bien meilleur. D'autre part, il ne faut pas oublier qu'il a galopé seul, alors que Satan était entouré de concurrents dont la présence le stimulait... des concurrents qui ont même essayé de le paralyser en l'enfermant dans un peloton. Selon le présentateur de la radio, il a fallu que Lenny Sansone, à l'entrée de la dernière ligne droite, l'arrache à ce peloton. Sans ça, qui sait ? Satan aurait peut-être encore abaissé d'une ou deux secondes le record. »

Alec continue à haute voix :

— Ce qui est certain, c'est que Satan est en excellente condition. Black, lui, est depuis trop longtemps éloigné des hippodromes. Il est hors de forme. Oh ! bien sûr, je le savais. Pourtant, j'ai espéré que, malgré ça, il battrait le record de Satan. Maintenant, je me rends compte que j'ai eu tort. Pour battre Satan, il faudrait que Black ait retrouvé sa pleine forme. Et s'il l'avait retrouvée, l'écart entre Satan et lui serait sans doute minime. Mais un affrontement entre eux n'aura pas lieu. J'ai décidé une fois pour toutes que Black ne courrait plus jamais. Je suis sur le point de l'emmener vivre le reste de sa vie à notre ranch. Tout de même, pourvu qu'il n'y ait pas quelque chose de changé entre lui et moi ! J'aurais tant voulu ne pas savoir que Satan est capable de le battre !

Alec est tiré de sa rêverie par un hennissement aigu de l'étalon. Il pense : « Il est tard. Je devrais être déjà sur le chemin du retour... »

Lorsqu'il a fait tourner Black, il se trouve presque nez à nez avec la voiture qu'ils ont dépassée quelques minutes auparavant. Et il a un sursaut lorsqu'il constate qu'elle porte l'inscription « Police ».

L'une des portières s'ouvre. Un policier descend. Alec se laisse glisser de sa selle sur le sol et se place à la tête de Black. Quand il voit que le policier tient dans sa main un carnet d'assignations, il se mord la lèvre. Comme Black, inquiet, s'agite, Alec fait deux pas en avant pour former une sorte d'écran protecteur entre l'étalon et le nouveau venu.

— Pour qui vous prenez-vous ? demande le policier d'un ton moqueur, en s'avançant. Pour un jockey ?

Le jeune homme reste silencieux.

Le policier ouvre son carnet :

— Vous ne savez donc pas qu'il est interdit de galoper dans ce parc qui est un lieu public ?

— Non, je ne le savais pas, répond Alec. Vraiment, je vous assure, je...

— Eh bien, maintenant, vous le savez. Votre nom ?

Alec hésite :

— Alexander Ramsay...

— Alexander Ramsay ? répète le policier. Ce n'est pas la première fois, il me semble, que j'entends ce nom. J'ai déjà eu affaire à vous ?

— Non... jamais.

Le policier se met à griffonner sur son carnet.

— Adresse ?

Alec s'exécute, puis ajoute :

— Il est encore bien tôt. Le parc est désert. Comment j'aurais pu provoquer un accident ?

— Ce n'est pas la question, réplique sèchement le policier. L'interdiction est valable vingt-quatre heures sur vingt-quatre.

Après avoir remis à Alec l'assignation, il se tourne vers Black et, en s'avançant de nouveau :

— Ce cheval vous appartient ?

Alec fait « oui » de la tête. En même temps, il cherche à faire reculer l'étalon.

— Qu'est-ce qu'il a, ce cheval ? reprend le policier. Il est bizarre...

— Il n'a rien de particulier, fait Alec.

Mais son poing se resserre sur la bride. Le jeune homme est depuis si longtemps familiarisé avec la lueur qui vient de s'allumer dans les yeux de Black !

— Maintenant, je vais partir, si vous avez terminé, ajoute-t-il vivement.

Cependant, le policier a fait un autre pas, et sa main se tend vers l'étalon... Brusquement, celui-ci lève son antérieur droit et l'abat... heureusement dans le vide ! Le policier a reculé d'un bond, le visage livide, les lèvres tordues de colère.

— Il a voulu me frapper ! hurle-t-il en continuant de reculer. Vous allez l'emmener immédiatement ! Je ne veux jamais le revoir dans le parc. C'est une bête vicieuse. Si vous remettez le pied ici avec lui, vous aurez affaire à moi. Et cette fois, ce ne sera pas une simple citation à comparaître devant le tribunal !

Sur ces mots, le policier tourne les talons et remonte dans la voiture. Dès que celle-ci s'est éloignée, Alec entraîne Black au pas sur la piste cavalière, afin de le calmer. Puis il s'arrête, jette un regard à la citation, la fourre dans sa poche d'un geste irrité et se hisse en selle. Il est convoqué pour le lendemain devant le tribunal, et il mesure avec précision ce qu'il risque en cette circonstance. Dans la salle, il y aura sûrement des journalistes plus familiarisés avec son nom que le policier. Ces journalistes savent depuis longtemps qu'Alec est un diminutif, d'ailleurs assez inhabituel, d'Alexander, et ils ne manqueront pas de répandre le bruit que le célèbre Black est de nouveau sur le sol des États-Unis...

« Me voilà dans de beaux draps ! se dit Alec. Pour Black, j'ai laissé tomber le pauvre Henry, et je n'ai même pas la satisfaction de savoir que Black est capable de battre Satan ! »

Il se sent déconcerté, chagriné, furieux contre lui-même. Mais, d'autre part, il se rend compte qu'il ne peut pas revenir en arrière. Il ne lui reste plus qu'à tout mettre en œuvre pour cacher aux journalistes la véritable identité de Black.

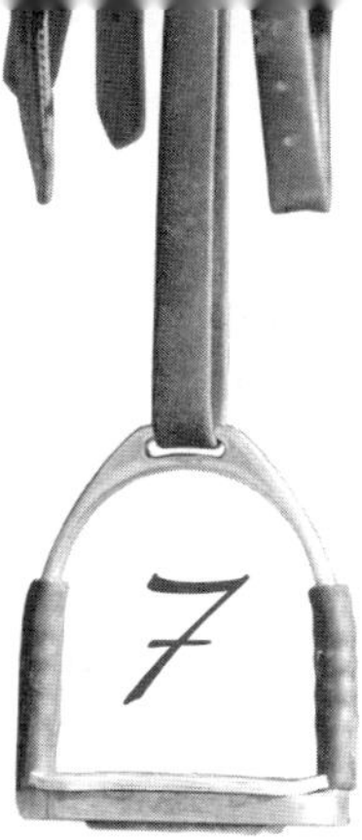

7 Jugement

Le lendemain, au début de l'après-midi, Alec se rend au palais de justice de Flushing. Il s'arrête à quelques pas de la façade du vieil édifice à charpente de bois et s'assure que l'assignation est bien dans sa poche. Il n'a pas besoin, pour savoir où il doit aller, d'y jeter un nouveau regard. Faire galoper un cheval dans un lieu public est considéré par la police comme une infraction aux règles de la circulation. C'est donc devant le tribunal compétent pour juger de telles infractions qu'il est convoqué. L'assignation porte la mention : quatorze heures. Or il est quatorze heures exactement.

Quelques instants, Alec observe les gens qui entrent en courant presque dans le palais de justice. Certains tiennent déjà à la main leur assignation. Le jeune homme palpe son portefeuille qu'il a glissé, avant de quitter la maison de ses parents, dans sa poche revolver. Il y a placé cent dollars prélevés sur ses économies, et il sait que cette somme est largement suffisante pour payer l'amende. Il pense : « Entre. À quoi bon attendre plus longtemps ? » Si son père l'avait accompagné, les choses lui auraient paru plus simples. Mais il a décidé de ne rien dire à M. Ramsay de ce qui s'est passé. Il a pris la responsabilité d'emmener Black au parc. Donc, il doit supporter seul les conséquences de cette erreur. S'il a la chance de ne pas être reconnu, il paiera l'amende, s'esquivera sans demander son reste, et personne n'aura vent de l'aventure.

Pourtant... s'il est reconnu ? Que fera-t-il ? Que pourra-t-il faire ? Il se dirige vers le perron. Oui, que pourra-t-il faire ? Il n'en a aucune idée. « Bah ! se dit-il, inutile de m'inquiéter. Je verrai sur place. »

Il suit les personnes qui entrent au palais de justice, d'abord le long d'un couloir, puis sur un escalier dont les marches usées craquent. Un policier se tient à l'angle du palier et montre un autre couloir aux visiteurs. Alec emboîte le pas à ces derniers et entre avec eux dans la salle du tribunal. Le juge, vêtu de sa robe noire, a déjà commencé à officier. Alec s'assoit au fond de la salle.

Un deuxième policier, placé devant le juge, appelle les contrevenants. Ceux-ci s'avancent, plaident coupables ou non coupables. Quand ils plaident coupables, l'affaire est rapidement réglée. Ils se rendent à la caisse et paient leur amende. S'ils s'estiment innocents, ils se retirent à l'un des angles de la salle. Plus tard, le juge écoutera leur défense.

En attendant l'appel de son nom, Alec regarde autour de lui et se demande si, dans la foule, quelques journalistes ne sont pas glissés. Il sait que beaucoup de directeurs de journaux dépêchent certains de leurs collaborateurs en diverses salles où se rend la justice, afin d'y recueillir des potins ou de bonnes histoires. Le jeune garçon regarde de nouveau autour de lui en pensant : « Il suffirait d'un seul journaliste. Mais est-ce qu'il reconnaîtrait mon nom ? Ce n'est pas certain... » Pour mettre toutes les chances de son côté, il est bien décidé à bondir dès que le policier prononcera son nom, afin de ne pas lui laisser le temps de le prononcer deux fois...

Une demi-heure déjà a passé. Alec écoute des contrevenants plaider coupables, les uns pour avoir brûlé un feu rouge, les autres pour stationnement interdit. Soudain, le policier appelle :

— Alexander Ramsay !

Alec a l'impression que le policier a crié à pleins poumons et que la salle est beaucoup plus silencieuse qu'à son arrivée. Il bondit de sa chaise, trébuche, rétablit tant bien que mal son équilibre et fonce vers le tribunal. Lorsqu'il arrive devant le policier, il est très pâle. Et levant les yeux, il voit, derrière et au-dessus de l'homme qui a prononcé son nom, la silhouette noire du juge.

— ... pour avoir fait galoper un cheval dans un lieu public, marmonne le policier. Coupable ou non coupable ?

— Coupable, murmure Alec.

— Coupable ou non coupable ? répète le policier qui est peut-être un peu sourd.

— Coupable ! hurle Alec.

Et sa voix éclate comme un coup de tonnerre dans la salle. Le juge et le policier le suivent des yeux en souriant tandis qu'il se dirige vers la caisse. Là, un peu intimidé par tant de regards qu'il sent posés sur lui, il doit faire la queue. Un homme qui le précède se retourne :

— Au moins, vous, vous n'hésitez pas.

— À faire quoi ? demande Alec en se passant la langue sur les lèvres.

— À vous déclarer coupable, et sur quel ton ! réplique l'homme en grimaçant un sourire. On aurait juré que vous vouliez réveiller toute la salle.

— Vraiment ?

— Vraiment, fait l'homme en se détournant et en se penchant sur le guichet de la caisse.

D'une main tremblante, Alec tire son portefeuille de sa poche revolver. Il pense : « Ce qu'il faudrait, c'est que je paie et que je sorte d'ici sans perdre un instant... » Il lui semble que l'homme au sourire grimaçant n'en finit plus. Lorsque celui-ci s'est éloigné, Alec découvre que le caissier, lui aussi, lui sourit en disant :

— Ça fait quarante dollars.

Alec pose quarante dollars sur le guichet et s'enfuit. Il traverse la salle les yeux baissés. Dans le couloir, il marche aussi vite que possible, et il commence de descendre l'escalier, en se tenant à la rampe. Soudain, il entend derrière lui une voix qui dit :

— Un instant, jeune homme !

Il continue de descendre l'escalier et garde les yeux fixés devant lui, jusqu'au moment où, une main s'étant posée sur son bras, il doit s'arrêter et découvre à sa droite un homme mince en complet gris.

— Je suis rédacteur au *News*, dit le nouveau venu. Et vous, vous êtes bien Alec Ramsay, le jockey, n'est-ce pas ?

Alec dégage son bras et se remet à descendre les marches. Mais le journaliste reste à son côté.

— Voyons, Alec, soyez sympa. Je voudrais savoir pourquoi vous avez abandonné votre profession. C'est pour le seul plaisir de monter des tocards dans les lieux publics ?

Alec atteint le pied de l'escalier. Toujours près de lui, le journaliste insiste :

— Pourquoi vous ne montiez pas Satan dans le Spécial ? Henry Dailey prétend que vous êtes souffrant. Mais, si c'était vrai, vous ne galoperiez pas à l'aube dans un parc.

Alec ouvre la porte du palais de justice, s'élance au pas de course sur le perron et dégringole les marches, tandis que le journaliste crie :

— On se reverra, Alec ! On se reverra sûrement !

Le jeune garçon remonte, toujours en courant, la grande rue de Flushing et se faufile entre les passants, non sans en bousculer quelques-uns qui ne manquent pas de protester avec plus ou moins de véhémence. Mais il se moque de leurs protestations !

Tout à ses pensées, il se dit : « Je sais ce que ce journaliste va faire. Il va téléphoner à son rédacteur en chef et lui raconter ce qui vient de se passer au palais de justice de Flushing. Le rédacteur en chef va envoyer sur place des spécialistes des courses. Mais, dans le monde de la presse, les nouvelles vont vite. D'autres journaux seront bientôt avertis qu'une piste vient d'être découverte. Et ce sera une ruée de journalistes à Flushing, puis à la grange. Ces gens-là me coinceront, m'obligeront à répondre à leurs questions. Je ne pourrai pas me débarrasser d'eux. Qu'est ce que je peux faire ? Bah ! je leur dirai que j'ai en effet abandonné la profession de jockey et que j'ai renoncé à monter Satan. Après tout, c'est ce qu'ils veulent savoir. Mais je ne leur dirai pas que je montais Black dans le parc. Ce n'est sûrement pas moi qui leur fournirai à ce sujet le moindre indice ! »

Au bout de vingt minutes, Alec suit l'avenue où se dresse la maison de ses parents. Dès qu'il peut apercevoir la grange, il force encore l'allure. En poussant la grille, il sait ce qu'il va faire. Il n'a d'ailleurs pas un instant à perdre, car les journalistes peuvent surgir dans moins d'une heure.

Lorsqu'il ouvre la porte de la grange, Black le salue d'un hennissement. Mais le jeune homme ne s'arrête même pas près de la stalle de l'étalon. Il va jusqu'à l'extrémité du bâtiment et se plante devant les balles de paille empilées le long du mur. Il en prend une, la porte jusqu'à la porte de la sellerie, la pose sur le sol. Il entre dans la pièce, la vide de son vieux coffre et de ses chaises. Après quoi, il va chercher la balle, la place au centre du plancher, l'ouvre d'un coup de fourche, puis étale la paille. Il va chercher une seconde balle, l'ouvre comme la première et répand la paille jusqu'à ce que la litière ainsi formée soit égale partout et suffisamment épaisse. Lorsqu'il est satisfait de son travail, il va chercher une botte de foin et la jette dans l'un des coins.

Il sort enfin de la sellerie, s'approche de la stalle de Black. L'étalon vient vers lui.

— Je vais t'installer... autre part, lui dit Alec. Mais, tu sais, ça ne sera pas pour longtemps.

Il prend Black par le licol, l'entraîne hors de sa stalle. L'étalon s'arrête à un mètre de la sellerie. Le regard inquiet, les oreilles couchées, il ne semble pas disposé à entrer. Avec patience, Alec se met à lui parler :

— Je sais bien que tu préférerais aller gambader dans la prairie. Mais ça sera pour demain... ou pour ce soir...

L'étalon ne bouge pas, les yeux agrandis par l'appréhension, les naseaux dilatés.

Alec entre dans la sellerie, se retourne :

— Viens, mon vieux. Tu aimeras cette pièce... d'autant que tu y auras beaucoup plus de place que dans ta stalle.

Brusquement, l'étalon se décide, entre dans la sellerie. Alec, restant près de la porte, lâche le licol et regarde Black qui va et vient, inspectant son nouveau logis. La litière est si épaisse qu'elle étouffe presque entièrement le bruit de son pas.

Alec attend que Black ait découvert la botte de foin et commencé de manger. Puis il sort de la sellerie, ferme la porte. Il a encore beaucoup à faire. Il traverse la grange au pas de course sur toute sa longueur, passe à l'extérieur et reparaît un instant plus tard, poussant une brouette. Il s'arrête devant la stalle de Black, saisit la fourche dont il s'est déjà servi et l'emploie pour soulever la litière. Il charge la litière dans la brouette et la porte derrière la grange, sur le tas de fumier. Il doit faire ainsi trois voyages avant que le sol soit débarrassé de toute la paille qui le couvrait auparavant. Enfin, il prend l'auge tenant lieu d'abreuvoir et la dépose dans l'allée centrale.

Il ne reste maintenant aucune preuve que la stalle était encore occupée quelques minutes plus tôt. Une seule stalle a un locataire, un certain Napoléon... Alec est bien décidé à donner toute son importance à ce détail, devant les journalistes.

Il tend l'oreille. Comme Black est silencieux ! Bien sûr, pour trahir sa présence, il lui suffit de s'ébrouer ou de pousser un hennissement. Mais Alec a l'intention de tenir les journalistes à bonne distance de la grange, sauf s'ils insistent pour la visiter. Dans ces conditions, il ne leur permettra que d'y jeter un bref regard, et uniquement pour leur prouver que l'une des deux stalles seulement est utilisée. « D'ailleurs, se dit-il, je n'aurai sans doute aucune peine à les empêcher de s'attarder à l'intérieur de la grange. Peut-être même réussirai-je à leur en interdire l'entrée. Ce qui les intéresse, c'est de savoir pourquoi j'ai décidé de ne plus monter en course. »

Il regarde sa montre : quatre heures. Les journalistes peuvent apparaître d'un instant à l'autre. Mais il est presque prêt à les recevoir. Il ne lui reste plus que deux choses à faire.

Il reprend le seau d'eau, le remplit ; puis, entrant dans la sellerie, il le suspend à un crochet fixé au mur. Après quoi, il va chercher une seconde botte de foin et la place près de la première ou de ce qui en reste, afin d'être sûr que l'étalon sera encore occupé à manger pendant environ une heure.

Comme il se tient près de Black, il entend grincer la grille. Vivement, il sort de la sellerie, ferme le cadenas, retire la clef, la glisse dans sa poche.

À l'instant où il s'élance vers la sortie de la grange, il perçoit le pas d'un cheval sur le gravier et le crissement des roues à bandages métalliques d'une charrette. Alors, avec un soupir de soulagement, il se détend. Ce n'est pas les journalistes !

— Salut, Alec ! crie Tony en apercevant le jeune garçon dans l'encadrement de la porte. Pourquoi n'as-tu pas mis Black dans la prairie aujourd'hui ?

Alec attend que le marchand ambulant soit descendu de sa charrette. Puis il s'avance :

— Tony, j'ai besoin de votre aide. J'ai des ennuis.

Tony se tourne vers lui :

— Tu as besoin de mon aide ? Tu sais bien que je suis à ta disposition. Mais tes ennuis sont de quel genre ?

— Hier matin, explique Alec, j'ai emmené Black au parc. Un policier m'a remis une citation à comparaître devant le tribunal. J'avais fait galoper un cheval dans un lieu public. C'est une infraction. Cet après-midi, je me suis présenté au palais de justice. Et là, dans la salle, un journaliste m'a reconnu. J'ai réussi à me débarrasser de lui. Mais d'autres journalistes pourraient bien me tomber sur le dos ici même, d'un instant à l'autre. Il y a une chose qu'ils ne doivent pas savoir : c'est que je montais Black dans le parc.

Tony regarde la grange.

— Si ces journalistes viennent ici, comme tu

sembles le penser. Alec, tu crois que tu pourras leur cacher un cheval de la taille de Black ?

— C'est déjà fait. Je l'ai installé dans la sellerie. D'ailleurs, je n'ai pas l'impression que les journalistes s'attarderont dans la grange. Ce qui les intéresse, c'est de me poser des questions.

— Tu attends quoi de moi ?

Alec s'approche du vieux cheval gris attelé à la charrette.

— Je voudrais qu'on mette Napoléon dans la prairie. Puis vous resteriez avec moi jusqu'à l'arrivée des journalistes. Quand ils me demanderont quel cheval je montais lors de ma promenade dans le parc, je leur répondrai qu'il s'agissait de Napoléon. Et, au besoin, vous me soutiendrez.

Tony secoue la tête.

— Et tu t'imagines qu'ils te croiront ?

— Pourquoi pas ? Ils savent seulement que j'ai eu une contravention pour avoir galopé dans un lieu public. J'aurais pu monter Napoléon aussi bien que n'importe quel cheval.

Tony hausse les épaules et, tandis qu'Alec l'aide à débarrasser le vieux cheval de son harnais, il dit :

— Après tout, ça marchera peut-être. Oui, peut-être...

Ils viennent de conduire Napoléon dans le pré

et referment la barrière, lorsqu'ils voient une voiture s'arrêter devant la grille.

— Les voilà ! murmure Alec.

— On fait quoi ? demande Tony.

— Rien. On reste où on est. Ils vont sûrement venir jusqu'ici. On fera en sorte de les empêcher de s'approcher de la grange.

Tony s'est tourné de nouveau vers la grille.

— Il y a deux autres voitures qui viennent de s'arrêter derrière la première, annonce-t-il.

Alec s'est accoudé à la barrière et affecte de ne montrer que son dos aux nouveaux venus. Tony s'empresse de l'imiter. Et les deux amis ne se redressent que lorsqu'une voix prononce :

— Bonjour, Alec.

Les visiteurs sont six. Alec les reconnaît d'un coup d'œil pour avoir été interviewé par eux lors de différentes épreuves. Ce sont tous des spécialistes des courses, chargés par leurs patrons de suivre la piste indiquée par leur collègue que le jeune homme a rencontré dans la salle du tribunal. Très détendus, ils s'accoudent eux aussi à la barrière et restent quelques instants à observer Napoléon. À les voir, on jurerait qu'ils ont l'habitude de faire une visite quotidienne à Alec Ramsay.

Pourtant, l'un d'eux demande à la fin :

— Qu'est-ce que c'est que ce cheval ?

— C'est Napoléon, le cheval de Tony, répond Alec sans perdre son calme.

Il suit du regard le vieux cheval gris qui va et vient d'un pas pesant, à la recherche de l'herbe la plus savoureuse. Il songe : « Maintenant, ils vont certainement me parler de ma comparution devant le tribunal... » Mais les minutes passent, et les journalistes restent silencieux. Tout à coup, il y a de nouveau un bruit de pas dans l'allée. Tony, Alec et les six journalistes se retournent d'un seul mouvement.

Alec identifie sans hésiter, à sa haute taille, à sa silhouette pesante, Jim Neville, un autre journaliste spécialiste des courses, mais de très grande réputation. Jim Neville est depuis longtemps ami avec Alec. N'est-ce pas grâce à lui que Black a participé à sa première et unique épreuve sur le territoire des Etats-Unis ?

Jim salue le jeune garçon d'un signe de main, puis s'accoude à son tour à la barrière en demandant :

— Comment vas-tu, Alec ?

— Bien, Jim.

L'un des six journalistes intervient :

— Nous pensions tous que vous étiez souffrant. C'est du moins ce que Henry Dailey nous avait annoncé à Chicago. Il nous a même dit :

« C'est pour ça que Lenny Sansone monte Satan aujourd'hui. »

— En effet, j'ai été assez patraque, murmure Alec.

Tony se dépêche d'ajouter :

— Mais il s'est vite rétabli.

— N'empêche, fait un autre des six journalistes en s'adressant au jeune garçon, que vous montez dans le parc de Flushing. Sans doute pour rester en forme ?

— Exact, dit Alec.

Le journaliste insiste :

— C'est plutôt amusant... Oui, c'est plutôt amusant qu'un jockey de votre classe, une vedette, se fasse pincer à courir dans un lieu public !

— Ce n'était pas une course. D'abord, j'étais seul, je me suis seulement contenté de galoper un peu.

— Quel cheval montiez-vous ? demande un autre encore des six journalistes.

— Napoléon... le cheval que vous voyez là-bas, dans le pré.

Pendant plusieurs minutes, les visiteurs contemplent le vieux cheval gris. Puis la même question jaillit de plusieurs bouches :

— Il est capable de galoper ?

— Et comment ! proteste Alec avec une désinvolture assez bien jouée.

— Napoléon est un cheval rapide, renchérit Tony avec une vibration de colère. Je sais qu'il n'en a pas l'air, mais il est plus rapide que bien d'autres.

— On vous croit sur parole, dit un journaliste.

Et un autre :

— C'est une grande erreur que de se fier aux apparences...

Jim Neville, resté jusque-là accoudé à la barrière, se redresse et s'approche d'Alec.

— Ça fait un bout de temps que je n'étais venu ici, dit-il d'un ton détaché.

Les six journalistes se retournent, paraissent un instant vouloir tendre l'oreille à ce que se disent Jim Neville et Alec, puis fixent leurs regards sur la grange.

— Vous avez beaucoup de place là-dedans, Alec ? demande l'un d'eux.

— Je n'ai que deux stalles, répond le jeune garçon. L'une est vide ; l'autre est occupée par Napoléon.

— On peut visiter ?

— Volontiers.

Tout le groupe se dirige vers la grange. Alec va en tête.

— C'est bizarre comme la police peut quelquefois se tromper, articule l'un des visiteurs. Nous avons pu bavarder avec le policier qui vous a donné une contravention. Il assure que vous montiez un cheval noir... un grand cheval noir, a-t-il précisé.

Alec serre les lèvres. Mais Tony ne peut s'empêcher de dire :

— Ce policier doit être daltonien. Napoléon n'est pas noir.

— En effet, il serait plutôt gris, reprend la voix.

Une deuxième voix relaie la première :

— Ce même policier a ajouté qu'il n'avait jamais vu un cheval galoper aussi vite...

— Vous m'étonnez ! s'exclame Tony en riant. Comme je vous l'ai déjà dit, il n'y a pas de cheval plus rapide que Napoléon. Un de ces jours, je l'engagerai peut-être dans une course.

Alec continue à garder le silence. Il se reproche de ne pas avoir prévu que les journalistes pouvaient avoir eu l'idée, avant toute chose, d'interviewer le policier. « Ce qu'ils cherchent pour leurs papiers, songe-t-il, ce ne sont pas au bout du compte les raisons qui m'incitent à quitter le métier de jockey. Ils veulent visiter la grange parce que les déclarations du policier les ont mis sur une piste qui leur semble intéressante. Comment pourraient-ils croire que je montais au parc Napoléon, un vieux cheval ? Ils soupçonnent peut-être même déjà qu'il s'agissait de Black. Il n'existe en effet aucun autre cheval au monde qui pouvait me retenir ici et m'empêcher de monter Satan à Chicago. Ils ont bien compris que je n'ai jamais été malade, et moi j'ai été stupide de penser que je pourrais cacher Black indéfiniment. Mais ma première faute a été de l'emmener au parc. Il ne me reste plus maintenant qu'à payer... »

Il entre le premier dans la grange, tous les journalistes sur ses talons. En deux enjambées, Jim Neville le rejoint et reste près de lui. Cependant, les autres visiteurs vont directement à la stalle de Black, l'examinent, scrutent le sol où ne subsiste pas la moindre trace de litière. Puis, après un coup d'œil à la stalle voisine, celle de Napoléon, ils promènent leurs regards aux quatre coins du bâtiment.

Aucun bruit ne vient de la sellerie. Mais, à tout instant, Black peut par un ébrouement trahir sa présence. Alec se mord les lèvres, mais il tient la tête droite, indifférent même à Jim Neville qui se tient toujours à son côté et lui a posé la main sur le bras.

En file indienne, les journalistes s'approchent de la sellerie. L'un d'eux se met à tripoter le cadenas. Tony lui dit :

— Il n'y a dans cette pièce que les harnais de Napoléon.

Puis il ajoute en s'adressant au groupe des visiteurs :

— Et maintenant, messieurs, si on sortait prendre un peu l'air ?

Mais les journalistes ne bougent pas. Ils ont trouvé ce qu'ils cherchaient. Ils dévisagent Alec, tandis que le plus indiscret d'entre eux continue à tripoter le cadenas. C'est alors que Black pousse un hennissement.

— C'est Black, n'est-ce pas, Alec ? demande Jim Neville à mi-voix.

Alec, d'un air résigné, fait « oui » de la tête.

— Nous nous en doutions tous, reprend Jim Neville. Le policier nous a donné une description précise de Black. Et puis, nous savions qu'un seul cheval pouvait te détourner de monter Satan à Chicago.

Maintenant les journalistes réclament la clef de la sellerie. Ils veulent être sûrs, avant d'écrire leurs articles, qu'il s'agit bien de Black.

Alec s'avance, la clef à la main. Brusquement, tout lui est indifférent. Dans quelques heures, tout le monde saura que Black foule de nouveau le sol des États-Unis. Les journalistes se mettent à le harceler de questions. Il leur répond de son mieux, brièvement. Il leur explique que Black lui appartient, qu'Abou Ichak est mort et, par testament, lui a légué l'étalon. Non, il est décidé à ne plus engager Black dans une épreuve quelle qu'elle soit. En association avec Henry Dailey, il a acheté un ranch où, dans deux semaines environ...

Lorsqu'il ouvre la porte, les journalistes, d'un mouvement instinctif, reculent. Black se dresse devant eux, les yeux brillants. Alec le prend par le licol. Et les journalistes, l'un après l'autre, lui jette un regard, puis s'esquivent.

Un seul – Jim Neville – est encore présent dans la grange quand le jeune garçon fait sortir l'étalon de la sellerie. Tony se tient à quelques pas, rendu muet par la contrariété.

— Je le conduis à la prairie, Tony, explique Alec.

Dès qu'ils sont à l'extérieur de la grange, Tony court ouvrir la barrière. Napoléon, à la vue de son ami, arrête de brouter et pousse un petit hennissement.

Black, aussitôt qu'Alec lui a rendu la liberté, s'élance au galop, passe en trombe près de Napoléon, lequel le suit d'un trot pesant.

— Désolé, Alec, dit Tony.

— J'étais fou de croire que je pourrais garder mon secret, répond Alec d'un ton amer. Tout est de ma faute, Tony. Je suis seul responsable...

— Maintenant, Alec, qu'est ce qu'il va se passer ?

— Maintenant ? Je n'en sais rien, absolument rien.

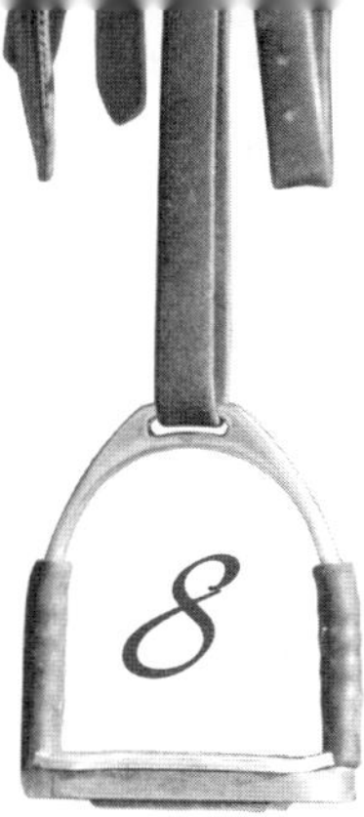

8 Le souhait d'Abou Ichak

Tony, un peu gêné, se balance d'un pied sur l'autre. Il voudrait bien savoir si Alec désire qu'il reste près de lui. Le jeune homme observe l'étalon avec intensité, suit ses moindres mouvements. Et ses yeux... Mais non, Tony ne se trompe pas : les yeux d'Alec sont pleins de larmes ! ... À la fin, le marchand ambulant se tourne vers Jim Neville qui s'est assis sur le banc placé contre la façade de la grange.

— Pourquoi n'est-il pas parti avec les autres, celui-là ? grommelle-t-il. Qu'est-ce qu'il veut encore ?

Alec, sans cesser d'observer Black, dit du même ton amer qu'un moment auparavant :

— Jim n'est pas un journaliste ordinaire. Il ne

se contente pas de rapporter les faits. Il cherche plus que ça. Il veut savoir, sentir. Il scrute le cœur humain. Il creuse aussi profondément que possible.

— Eh bien, je vais lui apprendre à creuser ! gronde Tony en s'élançant vers la grange.

Alec le saisit par le bras.

— Vous ne m'avez pas compris, Tony. Ce n'est pas par indiscrétion que Jim agit de la sorte. Il fait son métier, oui. Mais il a de l'amitié pour moi. Il n'est plus question que je tente de me dérober. Demain, quand la presse aura parlé de ce qui s'est passé ici, on aura d'autres visiteurs, et bien plus nombreux qu'aujourd'hui.

En parlant ainsi, Alec se dirige sans hâte vers la grange. Tony se met en marche à son côté.

— Tu veux que je reste, Alec ?

— Non, Tony. Je suis certain qu'avec Jim tout se passera le mieux du monde. Si vous voulez rentrer chez vous, je m'occuperai de Napoléon.

Les deux compagnons se séparent. Alec s'assoit sur le banc, près de Jim Neville. Celui-ci semble ne pas pouvoir détacher son regard de Black.

— Il a l'air en forme, dit-il. Il n'a guère changé...

— Non, fait Alec.

— Il paraît cependant un peu plus lourd.

— Peut-être. Mais il n'aurait aucune peine à retrouver le même poids qu'auparavant.

— Sans doute. C'était un cheval rapide, il y a quelques années.

— Il l'est toujours, affirme Alec.

— Les fils d'un cheval comme celui-là, reprend Jim Neville après un silence, sont généralement des cracks. Satan, par exemple... Je suis persuadé, Alec, que tu seras un très bon éleveur.

Alec remercie d'un signe de tête.

— Ce ranch, poursuit Jim Neville, il se trouve où ?

— À environ cent cinquante kilomètres d'ici.

— Cyclone et Sun Raider ont pris eux aussi leur retraite dans un élevage. Mais j'imagine, Alec, que tu es au courant ?

— Oui, Jim, je suis au courant.

— Tu te souviens avec quel brio Black les a battus à Chicago ? Il n'y a que quatre ans de ça. Et j'ai parfois l'impression qu'une éternité s'est écoulée depuis. Henry et toi, vous avez fait du chemin au cours de ces quatre ans.

— Vous nous y avez beaucoup aidés, répond Alec avec l'accent de la reconnaissance.

Le journaliste éclate de rire :

— Non, Alec, je ne vous ai pas beaucoup aidés, comme tu dis. Je me suis contenté d'apprendre au public que vous déteniez un cheval de grande valeur. Et c'est le public qui a exigé que ce cheval soit engagé dans une course importante. Mais toutes les personnes qui aiment le sport hippique n'ont pu que regretter que Black n'ait couru qu'une fois... une seule.

Jim Neville ôte son chapeau, le place près de lui sur le banc et continue les yeux fixés sur la prairie où Black galope allègrement :

— Regarde-le, Alec. Il a le même style que Satan. Ou plutôt, ce qui serait plus précis, Satan a le même style que lui.

Il se tourne vers le jeune garçon :

— Tu les as montés tous les deux. Quelle est ton opinion ?

— Je ne vous comprends pas très bien, Jim.

— Quel est le plus rapide ?

— C'est difficile à dire, réplique Alec en se levant. Pour être franc, je ne sais pas.

Black s'approche de la barrière. Alec s'avance vers lui, suivi par Jim Neville.

— Je me demande, suggère ce dernier à mi-voix et d'un ton prudent, si Black n'a pas été au meilleur de sa forme vers trois ans...

— Je ne suis pas de cet avis, répond Alec.

Il caresse l'étalon jusqu'à ce que celui-ci, après avoir fait mine de bondir sur Jim Neville, pivote sur lui-même et s'éloigne au galop.

À son tour, le journaliste s'accoude à la barrière.

— Je suppose, Alec, que tu n'as pas l'intention de le faire courir de nouveau ? Je veux dire : avant de l'installer dans ton ranch.

— Non, je n'en ai pas l'intention.

— Tu as peut-être tort.

Alec se tourne vers Jim. Mais le journaliste continue à suivre du regard l'étalon :

— On va certainement exercer sur toi de nombreuses pressions pour que tu le fasses courir. Demain, dès que les journaux auront paru, bien des gens, aux États-Unis, se souviendront de l'exploit accompli par Black lors de son unique apparition en public. Ils voudront le revoir sur une piste. Tu ne connaîtras plus beaucoup de tranquillité.

— Je ne le ferai plus courir, Jim, déclare Alec avec fermeté. Et, dès que ça sera possible, je l'emmènerai au ranch.

Quelques minutes, Jim Neville garde le silence. Il semble peser de tout son poids sur la barrière.

— Tu sais, reprend-il à la fin, je pensais ne plus jamais voir un cheval aussi rapide que Black. Eh bien, j'en ai vu un...

— Vous voulez parler de Satan ?

— Oui. Son record à Chicago – une minute cinquante-neuf secondes – quel exploit ! Quand il a démarré dans la première ligne droite, j'ai compris qu'il gagnerait.

— Vous estimez que Black ne peut pas faire mieux que Satan ?

— Non, et toi ? demande Jim Neville en se détournant de la prairie et en regardant Alec dans les yeux.

— Eh bien, moi, dit Alec, je crois que Black peut abaisser le record de Satan.

Jim Neville réplique, comme s'il saisissait une balle au bond :

— Alors, pourquoi tu ne le fais pas courir ? J'aimerais le revoir sur une piste, et je ne suis pas le seul !

Il ajoute :

— Il t'a été donné, c'est vrai. Mais pour quelle raison ? Pour le garder entre quatre murs ?

Alec ne répond pas.

— Je me souviens, poursuit Jim Neville, que tu n'avais qu'une idée : faire courir Black. Il n'y a pas de ça si longtemps.

— Ça n'était pas la même chose que maintenant.

— Pourquoi ? Est-ce parce qu'il te suffit d'avoir un cheval en pleine activité – Satan, en l'occurrence ?

— Non, Jim, réplique Alec avec vivacité. C'est plutôt parce que j'ai monté Satan en course. Je sais ce qu'il en coûte d'abandonner au public un cheval qu'on aime. Je ne veux pas perdre Black de cette façon. Il m'appartient. J'ai bien l'intention de le garder.

— Mais enfin, Alec, Satan n'est pas perdu pour toi !

— C'est difficile à expliquer, Jim. Je veux garder mon cheval. Je veux le soigner, m'occuper de lui. Je veux qu'il soit à moi et à personne d'autre. Vous estimez sans doute que c'est de l'égoïsme, et vous avez raison. Mais, je le répète, je ne veux pas perdre Black comme j'ai perdu Satan.

— C'est pour ça que tu veux l'installer dans un ranch d'élevage ?

— Oui. Pour d'autres raisons aussi. Je veux avoir autour de moi des chevaux, des juments, des poulains. C'est le genre de vie que je désire.

— Je sais, Alec, je sais. Cependant, avant de l'emmener loin d'ici, pourquoi ne fais-tu pas encore courir Black une fois, une seule ? Je te parle en ami. En ce moment, je ne suis pas un journaliste à la recherche d'un article.

Quelques instants, Alec scrute le large visage rouge de Jim Neville.

— Mais, Jim, pourquoi ferais-je courir Black encore une fois ?

— Pourquoi ? Je vais te le dire : tu donnerais satisfaction à beaucoup de gens qui meurent d'envie de le revoir et à beaucoup d'autres qui ont entendu parler de lui et qui restent incrédules lorsqu'on leur répète : « Il était incomparable ! » Il te suffirait d'annoncer que cette course serait la dernière avant l'installation de Black dans un élevage. Et, leur curiosité satisfaite, les turfistes te laisseraient tranquille. La nature humaine est ainsi faite.

— Vous continuez de penser que Satan serait capable de battre Black ?

— Oui, Alec, je le pense.

L'étalon revient vers la barrière. Alec se glisse entre les barreaux, s'approche de lui, lui caresse l'encolure, plonge sa main dans l'épaisse crinière. Au bout de quelques minutes, il fait demi-tour, et dit en s'avançant vers Jim Neville :

— Je ne crois pas que Satan ni aucun autre cheval pourraient rivaliser avec Black

Jim demande en souriant :

— Aurais-tu l'intention, au bout du compte, de le faire courir ?

Alec secoue la tête.

— Non, Jim. Je l'emmène loin d'ici, comme prévu. Voilà tout.

Jim hausse ses lourdes épaules.

— C'est ton cheval, Alec. Tu as le droit de faire de lui ce que tu veux.

Il marque une courte pause et ajoute :

— Cependant, avant de te quitter, il y a quelque chose que je voudrais t'apprendre. Autant que tu sois mis au courant dès aujourd'hui. Ça t'épargnera peut-être des difficultés...

Il tire, de la poche de son veston, un papier plié.

— J'ai ici une liste des chevaux engagés dans la Coupe internationale. Je me suis débrouillé pour me procurer cette liste avant mes collègues, mais, demain, ils l'auront tous...

Il déplie le papier et poursuit :

— Cette course, Alec, est probablement la plus importante de la saison. Il y a un an qu'on la prépare. L'association a envoyé des invitations aux propriétaires des pur-sang les plus rapides du monde. Sur cette liste figurent les chevaux dont les propriétaires ont accepté l'invitation. Ces chevaux seront aux États-Unis le mois prochain.

— Je suis au courant, dit Alec d'un ton impatient. Satan a été invité à prendre part à la Coupe internationale. Nous l'avons engagé immédiatement après le Kentucky Derby.

— En effet, murmure Jim sans lever les yeux du papier, son nom figure sur la liste. Ça t'intéresserait de connaître ses concurrents ?

— Bien sûr.

— Eh bien, il y a Phar Fly, le célèbre crack australien. Il y a Cavaliere, qui a gagné en mai le derby italien. Il y a Kashmir, cheval indien qui a gagné l'an dernier le derby d'Epsom, et le vainqueur de la présente année, Sea King, qui est aussi réputé en Angleterre que Satan aux États-Unis. Il y a Vengeur, cheval français, qui s'est distingué en France et en Irlande, et El Dorado, cheval argentin, qui a surclassé à peu près tous ses concurrents en Amérique du Sud. Enfin, il y a...

Alec interrompt son ami :

— Voyons, Jim, Black n'a rien à voir dans cette course.

— Erreur, Alec, erreur, répond Jim Neville en levant les yeux de son papier et en regardant le jeune garçon. Son nom figure lui aussi sur cette liste. Black a été engagé par son propriétaire, Abou Ichak, il y a six mois.

Alec sent le sang se retirer de son visage et il croit avoir perdu l'usage de la parole.

— Oui, Alec, reprend Jim Neville, Abou Ichak voulait faire courir Black dans la Coupe internationale. Et, selon toutes probabilités, il se proposait de te demander de le monter.

Toujours silencieux, Alec se tourne vers la prairie.

— Si tu te souviens, continue Jim Neville, Abou Ichak t'avait promis de renvoyer Black aux

États-Unis pour qu'il puisse reparaître sur les champs de courses. Il a tenu sa promesse.

Le journaliste ajoute :

— Demain matin, quand cette liste sera publiée en même temps que les articles racontant ton histoire, le public va être persuadé que tu maintiendras l'engagement de Black dans la Coupe internationale. Tous les turfistes penseront : « Il nous doit bien ça. »

Alec retrouve sa voix :

— Non, ce n'est pas aux turfistes que je dois ça. C'est à Abou Ichak.

Et, regardant Jim fixement :

— Abou avait souhaité ça, n'est-ce pas ? Il voulait que Black participe à la Coupe internationale. Dommage que je ne l'aie pas su plus tôt...

— Certes, dit Jim Neville, c'est Abou Ichak qui a engagé Black dans cette course. Aujourd'hui, Black t'appartient. Je ne crois pas que cette nouvelle situation puisse entraîner l'annulation de l'engagement décidé par le précédent propriétaire. Par ailleurs, je suis persuadé que l'association, après examen, ne t'interdira pas de monter ton propre cheval.

— Moi aussi, j'en suis persuadé, articule Alec avec lenteur.

— Alors tu es prêt à maintenir l'engagement de Black ?

— Qu'est ce que je peux faire d'autre, Jim ? Abou voulait qu'il participe à la Coupe internationale. Eh bien, Black y participera... quels que soient mes sentiments à ce sujet. Pauvre Abou ! Je lui dois bien ça.

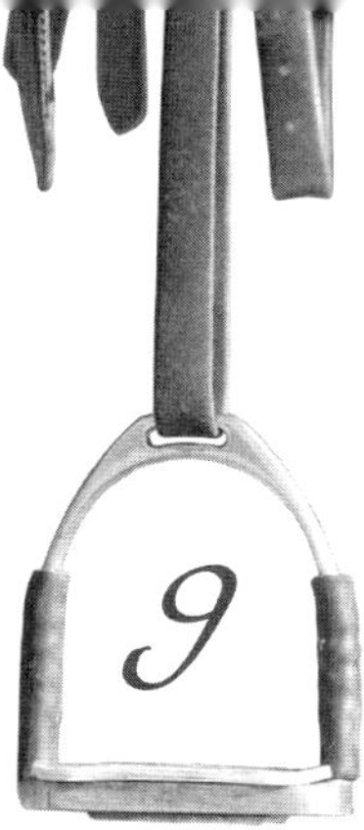

9 Black et son public

Le lendemain, au début de l'après-midi, Alec, assis dans sa chambre, contemple par la fenêtre ouverte un tableau bien différent de celui qui l'a fait rêver les jours précédents. En effet, sur le trottoir de l'avenue et jusqu'à la grille, plusieurs centaines de personnes attendent d'être admises à voir Black.

Elles sont arrivées presque à l'aube. Plusieurs heures durant, Alec les a accompagnées deux par deux dans la grange. Maintenant, tandis qu'il prend un peu de repos, son père se tient près de la grille verrouillée et explique aux visiteurs :

— Black est trop nerveux. Impossible de vous le montrer en liberté dans la prairie. Il va falloir patienter jusqu'à ce que mon fils puisse de nouveau vous conduire à la grange.

Les journaux responsables de cette explosion de curiosité s'éparpillent aux quatre coins de la chambre. On peut y lire en gros titres à la page des sports : BLACK RETROUVÉ À FLUSHING – ALEC RAMSAY PROPRIÉTAIRE DU CÉLÈBRE ÉTALON, PÈRE DE SATAN – RETOUR DE BLACK AUX ÉTATS-UNIS – ABOU ICHAK LÈGUE BLACK À ALEC RAMSAY. Bien d'autres titres encore annoncent qu'Alec est officiellement le propriétaire du fameux étalon noir.

Cependant, Alec n'a pas oublié que Jim Neville détient seul, au moins jusque-là, le secret de l'avenir. Aussi se plonge-t-il dans la lecture de son article :

Ceux d'entre nous qui ont vu Black, il y a quatre ans, battre à Chicago Sun Raider et Cyclone n'oublieront jamais l'impressionnante vitesse de ce cheval géant. Petit à petit, avec le glissement des années, cette spectaculaire victoire est devenue une sorte de légende. Il n'est donc pas mauvais qu'une occasion nous soit donnée de revoir Black sur une piste. Il est engagé dans la Coupe internationale qui doit se disputer, le 28 août, à Saratoga, État de New York, à l'hippodrome récemment construit.

C'est Abou Ichak qui a engagé Black dans cette course, et c'est Alec Ramsay, naturellement, qui le montera. Cette épreuve est la seule à laquelle participera l'étalon noir, car, immédiatement après, Alec Ramsay l'emmènera dans un ranch d'élevage. Black a-t-il gardé la même vitesse qu'à trois ans ? Nous ne tarderons pas à le savoir. Ses concurrents, outre Satan, son propre fils, sont l'Australien Phar Fly, le Français Vengeur, l'Italien Cavaliere, l'Anglais Sea King, l'Argentin El Dorado, l'Indien Kashmir...

L'article comporte encore plusieurs paragraphes. Mais Alec l'abandonne pour relire le télégramme qu'il a reçu de Henry :

SUIS AÉROPORT DE CHICAGO. N'ENTREPRENDS RIEN AVANT MON ARRIVÉE.

Malgré cette recommandation, Alec a fait une chose importante. Il a accepté de maintenir l'engagement de Black dans la Coupe internationale. Il se demande si Henry, avant d'envoyer son télégramme, a lu l'article de Jim Neville. Certes, il a de bonnes raisons d'en douter. En revanche, il sait que Henry en prendra connaissance pendant le voyage, c'est-à-dire avant d'arriver à la grange.

« Oh ! il me comprendra, j'en suis sûr ! pense-t-il. Si j'agis comme ça, c'est pour Abou Ichak. Il voulait que Black participe à la Coupe internationale. S'il avait vécu, il en aurait été ainsi. »

Et Alec se répète une fois de plus : « C'est le moins que je puisse faire pour lui. »

Il quitte sa chambre, descend au rez-de-chaussée et trouve sa mère dans le salon. Elle lit un journal qu'elle laisse tomber sur ses genoux lorsque son fils apparaît sur le seuil.

— Dans son article, Jim Neville annonce que tu vas monter Black, dit-elle en s'efforçant de prendre un ton indifférent, mais avec une expression soucieuse.

— Oui, maman. Une seule fois, la dernière...

— Et tu crois que...

Elle s'arrête, certaine qu'Alec a compris ce qu'elle veut dire. Il s'approche et, après l'avoir embrassée :

— Que tout ira bien ? demande-t-il. Sois tranquille. Tout se passera le mieux du monde.

— Et le ranch, Alec ? Tu devais y partir avec ton père dans quelques jours.

— Nous partirons immédiatement après la course. Mais cette course... Bref, il n'y avait pas moyen de faire autrement. Papa l'a parfaitement compris. Et toi, maman, j'espère que tu le comprends...

— En somme, si tu agis ainsi, c'est pour obéir à un vœu d'Abou Ichak ?

Mme Ramsay s'arrête avant de conclure avec un sourire :

— Oui, je crois que je comprends...

Comme elle se replonge dans la lecture de son journal, Alec sort du salon. Mme Ramsay se lève dès qu'il a quitté la pièce et, par la fenêtre, elle le suit du regard tandis qu'il s'éloigne de la maison.

Une minute plus tard, il a rejoint son père derrière la grille.

— Deux personnes à la fois, dit M. Ramsay aux visiteurs. Désolé, mais nous ne pouvons pas faire mieux...

Il ouvre la grille et, s'adressant à Alec :

— C'est au tour de ces deux dames.

Les deux dames se faufilent par l'entrebâillement de la grille. Alec les escorte vers la grange. Elles sont grandes, maigres, entre deux âges.

— On habite tout près d'ici, dit l'une. On est donc presque voisins.

— Ça fait une curieuse impression de savoir qu'il y a un cheval célèbre tout près de chez nous, dit l'autre. Vous devez être fier que sa présence excite la curiosité de tant de personnes.

— Naturellement, madame, répond Alec en ouvrant la porte de la grange. Mais n'entrez pas. Restez sur le seuil. Black n'est pas habitué à recevoir des visiteurs...

— Un simple petit regard, reprend la première.

Et la seconde :

— On veut pouvoir dire qu'on l'a vu !

Black, dès qu'il aperçoit Alec, pousse un hennissement. Le jeune homme s'approche, le caresse, lui tend une carotte.

— Quelle tête minuscule ! s'exclame l'une des dames. On ne croirait jamais qu'elle appartient à ce corps si puissant !

Peu après, Alec ramène les deux dames vers la grille où, près de son père, d'autres visiteurs l'attendent avec impatience. Et il se rend compte que cette situation se prolongera aussi longtemps que Black restera à Flushing.

C'est seulement quelques heures plus tard qu'il aperçoit Henry Dailey qui se fraie un chemin dans la foule. À ce moment, M. Ramsay est allé prendre un peu de repos dans sa maison, la grille est verrouillée. Henry saisit deux barreaux et crie :

— Alec ! Ouvre-moi vite !

Le jeune homme presse le pas et entraîne jusqu'à la grille les deux visiteurs qu'il a conduits à la grange. Dès qu'il a ouvert la grille, Henry se coule par l'entrebâillement, pousse le battant, tourne la clef dans la serrure et s'adresse à la foule sur un ton sans réplique :

— Les visites sont terminées pour aujourd'hui !

Puis il prend Alec par le bras et l'entraîne dans l'allée :

— Cette comédie a sans doute duré toute la journée, n'est-ce pas ?

— Oui, répond Alec. Depuis sept heures ce matin.

— Et Black, comment se comporte-t-il ?

— Très bien. D'ailleurs, personne ne s'est approché de sa stalle.

Ils entrent ensemble dans la grange, et Alec se dirige déjà vers l'étalon, lorsqu'il entend Henry demander :

— Pourquoi Jim Neville annonce-t-il que tu monteras Black dans la Coupe internationale ?

Alec pivote sur lui-même et lit sans peine une profonde inquiétude dans les traits de son ami.

— Abou Ichak avait engagé Black dans cette course, répond-il.

La voix de Henry se fait plus sèche :

— Je le sais. J'ai lu l'article. Mais as-tu vraiment dit à Jim que tu acceptais ?

— Oui, Henry, je le lui ai dit. Je me suis senti

tenu d'agir de la sorte, afin de respecter la volonté d'Abou.

— Ce qu'on veut et ce qu'on peut sont deux choses bien distinctes. Je me moque qu'Abou ait désiré que Black participe à la Coupe internationale. En réalité, il n'aurait pas pu le faire courir. Combien de fois, Alec, devrai-je te répéter que Black n'est pas fait pour affronter d'autres étalons sur une piste ? Tu n'as donc aucune confiance en moi ?

Comme le jeune homme garde le silence, Henry poursuit :

— Tu t'imagines sans doute que tu pourras le maîtriser, malgré les autres concurrents, malgré la foule, malgré l'atmosphère fiévreuse qui est celle des courses importantes ? C'est bien ça, n'est-ce pas ?

— Oui, Henry, je crois que c'est ça...

L'entraîneur se met à parler d'une voix moins dure, moins sèche :

— Peut-être, Alec, que tu pourras le maîtriser. Mais peut-être que tu ne le pourras pas. Ce jour-là, je préférerais être loin de l'hippodrome !

— Mais, Henry, il m'a obéi à Chicago !

— Non, Alec, il ne t'a pas obéi. Dès qu'il a été sur la piste, tu as cessé d'avoir la moindre autorité sur lui. Il t'a résisté de toutes ses forces, tu le sais aussi bien que moi. Si personne n'a été blessé, à commencer par toi, c'est par chance. Et, depuis, il n'a pas changé le moins du monde. Je crois même que, sur un champ de courses, il serait aujourd'hui plus intraitable, plus sauvage encore qu'avant.

— Ainsi, Henry, je ne devrais pas selon vous maintenir son engagement dans la Coupe internationale ?

— Black t'appartient. Je me contente en ce moment, Alec, de te conseiller de ne pas le faire courir. Et, ce que j'en dis, c'est aussi bien pour toi que pour les autres jockeys. En t'obstinant, tu t'exposerais à des ennuis très graves.

Le vieil entraîneur reprend, après un silence :

— Black garde certainement une rapidité exceptionnelle. Mais son instinct le porte, non à concourir avec les étalons, mais à les combattre, à se bagarrer avec eux. Et puis, Alec, notre ranch ? Il y a quelques semaines, tu semblais ne pas avoir d'autre pensée...

— Le ranch est toujours ma préoccupation principale, Henry. Je veux y conduire et y installer Black. Mais il faut que vous compreniez. Je sais qu'Abou tenait à voir Black participer à la Coupe internationale. Il avait à ce sujet donné en quelque sorte sa parole. J'estime, puisqu'il n'est plus de ce monde, que mon devoir est de la tenir.

Alec aspire l'air profondément, puis poursuit :

— Je ne dois pas oublier aussi Jim Neville. Il m'a dit que je devais maintenir l'engagement de Black, pour le sport lui-même, et pour que les turfistes ne soient pas déçus.

— Je ne doute pas, Alec, que Jim t'ait dit ça. Il se peut qu'il ait raison. Mais ni lui ni les turfistes ne connaissent Black comme je le connais. C'est une bête qui, sur la piste, peut faire des ravages, provoquer un véritable drame. C'est ça qu'on appelle le sport ? Il y a, dans la Coupe internationale, des chevaux d'une valeur incalculable. Je ne voudrais pas que, par ma faute, il leur arrive du mal.

— Moi non plus, je ne le voudrais pas ! proteste Alec. Mais qui sait ? Black se montrera peut-être raisonnable. Il fera peut-être avec docilité tout ce que je lui demanderai.

Avec un sourire qui détend soudain ses traits, le jeune homme ajoute :

— Et, s'il prend part à cette course, j'en suis sûr, il montrera à tous les spectateurs qu'il reste le cheval le plus rapide du monde !

Quelques instants, Henry scrute le visage d'Alec.

— C'est donc la vraie raison de ta décision ! soupire-t-il. Tu t'imagines que Black est capable de battre Satan et les autres concurrents...

— J'en suis persuadé, Henry.

— Et tu espères en faire publiquement la démonstration ?

— Et vous, si je comprends bien, vous estimez que Satan pourrait battre Black ?

À ce moment, l'étalon, à la recherche d'une carotte, pousse ses longues lèvres sensibles dans la poche du jeune garçon.

Henry ne répond qu'après un long silence à la question qu'Alec vient de lui poser :

— Ce n'est pas très loyal de ta part de me demander ça. Tu connais parfaitement les sentiments que m'inspire Satan.

— Vous sentiriez-vous plus près de lui que de Black ?

— Si tu veux. J'ai fait de lui tout ce qu'on pouvait en attendre. Il est aussi rapide que Black, quel que soit le jockey qui le monte. Oui, je le répète : quel que soit le jockey qui le monte.

Henry conclut en regardant Black :

— Ils sont très rares les chevaux dont on puisse en dire autant...

Alec laisse passer quelques secondes, puis il parle avec lenteur :

— Écoutez, Henry. Entraînons Black sur la piste où aura lieu la Coupe internationale. Si, entre demain et le jour de la course, il me donne des inquiétudes, il vous suffira de prononcer un mot, un seul. On annulera son engagement.

— Puisque tu me laisses le choix de la décision finale, il faut que tu me fasses une promesse. C'est de ne pas discuter si je te déclare qu'il y a du danger à le faire courir. D'accord ?

— D'accord, Henry, quelle que soit votre décision.

— Parfait, dit Henry en tendant une main que le jeune homme s'empresse de serrer. Dès demain, on l'emmène là-bas. Il n'y aura pas d'autres chevaux. Satan lui-même ne quittera Chicago que la semaine prochaine. On aura donc toute la piste pour nous. Ce qui est une bonne chose. Je resterai constamment près de toi. Mais n'oublie pas notre pacte. Si je déclare : « Il ne faut pas le faire courir », tu t'inclineras.

Alec approuve d'un signe de tête. Puis, se retournant vers l'étalon, il prononce :

— Tu vas connaître de nouveau un champ de courses, Black. Et, une seule et dernière fois, tu donneras, à la foule des turfistes, une si belle émotion qu'ils s'en souviendront longtemps après que tu auras pris ta retraite à notre ranch !

Black pousse un hennissement strident, et Alec lui noue ses deux bras autour de l'encolure.

10 La piste de Saratoga

Il fait encore sombre le lendemain matin lorsque le van s'éloigne de la grange. Henry conduit. Alec est assis à son côté. Black, enfermé dans la partie arrière du véhicule, porte autour des jambes des bandages, afin de le protéger de blessures toujours possibles au cours d'un voyage qui promet d'être assez long. On l'a attaché près de la petite fenêtre ouvrant sur la cabine, de sorte qu'il suffit à Alec de tendre la main pour le toucher.

Quand le van traverse les rues désertes de New York, la nuit est toujours aussi sombre. C'est seulement lorsqu'il se trouve à mi-chemin d'Albany que les premières lueurs de l'aube commencent à strier le ciel.

— Pour combien de temps on en a ? demande Alec.

— On ne sera pas là-bas avant midi, répond Henry sans cesser de regarder la route. On n'a aucun intérêt à se presser, surtout avec un passager aussi précieux que le nôtre.

Sur ces mots, il éteint les phares, car la lumière du jour est de plus en plus vive.

— Je suis heureux, reprend Alec au bout d'un moment, qu'on dispose d'une semaine pendant laquelle on peut espérer être seuls. C'est bien d'une semaine que vous avez parlé, Henry ?

— Oui, environ une semaine. D'après ce que j'ai appris, Phar Fly, le cheval australien, est arrivé en Californie hier. Mais il ne sera pas envoyé, par avion naturellement, à Saratoga avant une huitaine. El Dorado, le Sud-Américain, a déjà quitté son pays, et il sera le premier sur place. Les chevaux européens et Kashmir, l'Indien, qui se trouvait en Angleterre, voyagent par bateau. Ils devraient arriver à la fin de la semaine ou au milieu de la semaine prochaine. Quant à Satan, comme tu le sais déjà, j'ai pris des dispositions pour qu'il soit à Saratoga parmi les premiers.

— Je me demande s'ils vont se reconnaître..., murmure Alec.

— Qui ?

— Black et Satan.

Henry ne peut s'empêcher de sourire.

— Non, ils ne se reconnaîtront pas. Ils ne se souviennent sûrement plus l'un de l'autre. Satan n'avait que quelques mois quand on l'a séparé de son père.

— De toute façon, il sera intéressant de les observer quand ils seront ensemble.

— Tu peux même dire que ça sera passionnant ! grommelle Henry.

Le vieil entraîneur reste longtemps silencieux, tandis que le van traverse des villages, des petites villes. Soudain, il prononce :

— Tu ne m'as jamais dit pourquoi tu avais emmené Black au parc de Flushing le jour où tu as eu une contravention.

— Mais, Henry, vous ne me l'avez jamais demandé !

— Alors ?

— Je voulais qu'il se détende un peu...

— Rien d'autre ?

Quelques secondes, Alec hésite. Puis il décide de dire la vérité :

— Il a couvert la distance en deux minutes exactement...

— Depuis le septième tee jusqu'à l'orme ?

— Oui, Henry. Ça fait deux mille mètres, n'est-ce pas ?

— Exact.

— Il faut reconnaître que la piste cavalière est très molle...

— Je sais.

— C'était la première fois depuis longtemps que Black galopait à fond.

— Ça aussi, Alec, je le sais.

— Eh bien, Henry, quel est votre avis ?

— Si Black prend part à la course..., ils seront tout près, l'un de l'autre...

— Vous voulez dire Satan et Black ?

— Tout près l'un de l'autre, répète Henry tandis que le van traverse Saratoga.

Une minute après être sortis de la ville, les deux voyageurs aperçoivent les tribunes et les bâtiments du nouvel hippodrome. À ce moment, Black donne un coup de sabot dans l'une des parois du véhicule. Alec se tourne vers lui :

— Un peu de patience, Black. On arrive.

Ils suivent sur quelques centaines de mètres une haute palissade, jusqu'à une entrée monumentale où Henry s'engage. Puis il emprunte une large allée bordée d'arbres qui, après une courbe, se dirige vers les tribunes. Au-delà des tribunes, on aperçoit un bâtiment de bois peint en blanc. C'est devant ce bâtiment que Henry arrête le van.

— Ce sont sans doute les bureaux, explique-t-il. Je vais me renseigner au sujet des stalles qui nous sont affectées.

Il descend du véhicule et entre d'un pas rapide dans le bâtiment. Lorsqu'il reparaît, peu après, il annonce en reprenant sa place au volant :

— Écurie C, stalles neuf et dix.

Il remet le moteur en marche et ajoute :

— Comme je l'avais prévu, nous arrivons les premiers.

Tandis que le van roule, Alec promène son regard autour de lui. Il peut examiner la piste. Elle entoure de vastes pelouses au centre desquelles scintille un lac que sillonnent quelques cygnes.

Les écuries bordent le grand tournant de la piste.

— Voilà que je perds la mémoire ! fait Henry. C'est bien l'écurie C, n'est-ce pas ?

— Oui, répond Alec. Écurie C, stalles neuf et dix.

Ils passent devant les écuries A et B, ralentissent devant l'écurie C, puis s'arrêtent à la hauteur des stalles neuf et dix.

Alec ouvre la portière, saute sur le sol, s'avance vers les portes des deux stalles entre lesquelles on a empilé plusieurs balles de paille.

— Où va-t-on l'installer ? demande-t-il.

— Peu importe, répond Henry en sautant à son tour de la cabine. On couchera, toi et moi, dans la stalle libre, jusqu'à l'arrivée de Satan. Mais, pour commencer, débarquons le matériel.

Ils passent derrière le véhicule, ouvrent l'abattant. Black se met à piaffer, essaie en vain, car il est attaché court, de tourner la tête dans leur direction. Alec grimpe dans le van, se saisit du coffre contenant les selles, les brides, les étriers, les couvertures, et le pousse vers la porte. Henry l'empoigne, le porte jusqu'à la stalle neuf. Alec le suit, tenant dans chaque main une fourche qu'il pose à l'intérieur de cette même stalle. Puis, à l'aide de l'une des fourches, il soulève une balle de paille, l'ouvre et répand la paille sur le sol de la stalle dix. Pendant qu'il accomplit ce travail, Henry va chercher dans le van les seaux servant à l'abreuvage et les musettes-mangeoires.

— Maintenant, je crois qu'on peut s'occuper de Black, dit-il.

Alec, muni d'un licol, rentre dans le van, se glisse le long de Black, en passant sa main libre de la croupe à la tête de l'étalon.

— Doucement, mon vieux, doucement, répète-t-il.

Il lui donne une carotte et, pendant que Black se régale, il lui passe le licol, le détache, le fait pivoter lentement sur lui-même et le conduit vers l'abattant.

Là, Black, les oreilles pointées, s'arrête, regarde à l'extérieur.

— Tu n'as rien à craindre, lui dit Alec en tirant de sa poche une deuxième carotte et en la lui tendant.

L'étalon fait un pas sur l'abattant, s'arrête de nouveau, agité, craintif, étonné. Alec n'arrête pas de lui parler :

— Bien sûr, tu ne reconnais rien. Nous sommes loin de Flushing. Tout ça est nouveau pour toi. Mais tu seras aussi bien ici que chez nous...

Enfin, Black se décide à descendre jusqu'au bas de l'abattant. Dès qu'il a atteint le sol, Henry lui apporte un seau plein d'eau. L'étalon flaire la surface de l'eau, puis, toute méfiance envolée, il y plonge ses naseaux.

Alec dit au vieil entraîneur :

— Je vais l'emmener faire un bout de promenade. Ça le détendra et ça lui permettra aussi de se familiariser avec le décor.

Dès que Black est désaltéré, le jeune homme le fait marcher à petits pas. Soudain, l'étalon s'arrête, frissonnant, se plante sur ses quatre jambes. Il vient d'apercevoir une tondeuse à gazon oubliée par les jardiniers au bord de l'allée. Alec attend quelques instants. Puis, au bout d'une ou deux minutes, il laisse Black s'approcher de la tondeuse, l'examiner et s'assurer par lui-même qu'il n'a rien à en redouter.

Pendant ce temps, Henry prend à l'intérieur du van les deux matelas roulés et ficelés sur lesquels ils coucheront, Alec et lui-même, dans la stalle neuf réservée à Satan, et jusqu'à l'arrivée de celui-ci. Ensuite, il déverrouille le coffre qu'il a placé dans cette stalle neuf et, après en avoir soulevé le couvercle, il en retire deux couvertures qu'il déplie, secoue et étend sur un fil de fer, à l'extérieur de l'écurie, afin de les aérer.

À ce moment, Alec et Black reviennent sur leurs pas. Lorsque l'étalon voit les couvertures que le vent agite par saccades, il s'arrête de nouveau, s'ébroue, se met à gratter le sol.

— Voyons, Black, lui dit Alec avec une douceur que rien ne semble pouvoir altérer, ce ne sont que des couvertures, des objets parfaitement inoffensifs...

Mais Black estime sans doute qu'il doit s'assurer de chaque chose par lui-même. Il s'approche, examine les couvertures, puis, rassuré, il s'en détourne d'un mouvement dédaigneux.

— Tout l'étonne, tout le surprend, dit Alec à Henry. Mais il s'y fera.

Il continue la promenade. Henry se joint à eux dans l'allée qui court presque parallèlement à la piste. Bientôt, après un tournant, la piste entière leur apparaît, surmontée à droite et à quelques centaines de mètres par la masse imposante des tribunes.

— Cette piste me semble parfaite, déclare Henry.

— Vous voulez qu'on en fasse le tour ? demande Alec.

— Pourquoi pas ?

— On emmène Black ?

Henry regarde l'étalon qui, très calme maintenant, se tient près du jeune garçon.

— C'est une bonne idée, dit-il.

— Autant qu'il prenne contact dès aujourd'hui avec la piste, n'est-ce pas ?

Les deux amis se dirigent vers une porte percée dans la barrière et donnant accès à la piste. Et, tandis qu'ils franchissent cette porte, Henry conseille à Alec :

— Tiens-le plus solidement que jamais !

La tête haute, sa belle encolure noblement recourbée, Black se met à fouler le sol avec légèreté. De temps à autre, il amorce un petit trot, tire sur le licol. Sa tête, comme animée d'un mouvement de balancier, ne cesse de se tourner vers les tribunes vides situées sur sa droite, et vers les pelouses et le lac qui se déploient à sa gauche.

— J'ai l'impression qu'il aimerait galoper, dit Alec.

— Tiens-le bon ! recommande de nouveau Henry.

— Oh ! je le tiens ! Mais je crois que, si je le lâchais, il ne serait pas mécontent...

Lorsqu'ils ont fait le tour complet du vaste ovale de la piste et qu'ils sont revenus à leur point de départ, Alec déclare :

— Vous le voyez, Henry, il a été sage. On jurerait qu'il a compris qu'il s'agissait en quelque sorte d'une première prise de contact.

— C'est vrai, répond Henry, pensif. Je te conseille cependant de rester sur tes gardes.

— Que diriez-vous si je lui sautais sur le dos ? demande le jeune garçon.

— Quoi, sans selle, sans bride ?

— Oh ! vous savez, pour lui c'est la même chose.

— Et pour toi ?

— Quand il a décidé de foncer, aucun mors ne peut l'arrêter.

Après un silence, Henry décide :

— Eh bien, vas-y, si tu crois que ça lui sera profitable. De nous deux, c'est toi qui le connais le mieux. Mais, si tu le peux, maintiens-le au petit galop.

Alec assujettit le licol dans sa main et plie un genou. D'un seul effort, Henry le hisse sur le dos de l'étalon. Celui-ci fait un écart, puis part au trot. Henry va s'adosser à la barrière. Il voit le jeune homme se pencher sur l'encolure et Black lui obéir à la moindre pression de ses genoux et de ses jambes.

Après le premier tournant, Black allonge progressivement le trot. Il va les oreilles pointées, la tête haute. À l'observer ainsi, personne ne soupçonnerait ses réserves de puissance et le brasier qui brûle en lui.

« Il est possible, au bout du compte, qu'Alec réussisse, se répète Henry. Oui, peut-être... peut-être... »

Bientôt, il ne voit plus le jeune homme, non seulement en raison de la distance, mais aussi parce qu'Alec est caché dans la crinière flottante de sa monture. Black est passé du trot au galop. Parfois, comme s'il voulait frapper un ennemi invisible, il lève un antérieur, mais sans rompre la cadence raisonnable de son allure. Henry a l'impression de ne jamais avoir contemplé un galop aussi souple, aussi harmonieux.

— On dirait qu'ils se promènent pour le plaisir, murmure-t-il. Et pourtant quelle vitesse dans ce petit galop !

D'un geste machinal, il palpe le chronomètre placé dans l'une des poches de son veston et reprend toujours à mi-voix :

— Si, le jour de la course, Alec réussit à le tenir

aussi bien qu'en ce moment, ça sera un spectacle exceptionnel.

Le cheval et son cavalier ne tardent pas à passer devant le vieil entraîneur. Alec salue Henry d'un geste de la main. Et ce dernier se rend compte que le jeune homme laisse l'étalon faire maintenant ce qu'il veut.

Black, en effet, donne toute sa mesure. Son galop, bien rassemblé et rapide comme le vent, a une beauté à couper le souffle. Henry tire le chronomètre de sa poche et presse sur le bouton lorsque l'étalon se trouve juste à la hauteur de l'un des poteaux. Il sait qu'entre ce poteau et le suivant la distance est de huit cents mètres. Quand Black atteint le deuxième poteau, il presse de nouveau sur le bouton, jette un coup d'œil au chronomètre et annonce pour lui-même :

— Quarante-trois secondes exactement pour huit cents mètres !

Black refait le tour complet de la piste et repasse dans un roulement de tonnerre devant Henry. Cette fois, Alec ne lève pas la main. L'entraîneur constate que le jeune homme multiplie les efforts pour persuader sa monture de s'arrêter.

De nouveau, Henry regarde son chronomètre.

— Oui, c'est bien ça, songe-t-il. Quarante-trois secondes pour huit cents mètres. Oh ! il n'y a pas de quoi s'étonner plus que ça. Je m'y attendais.

Mais la question est la suivante : que fera Black ? Est-ce qu'il acceptera de courir comme il vient de le faire ? Est-ce qu'il ne trouvera pas plus intéressant de se bagarrer avec les autres concurrents ? Tant qu'il sera seul sur la piste, on ne peut pas savoir. Non, personne ne peut savoir... pas même Alec.

11

Père et fils

Pendant le reste de la semaine, Henry observe avec une attention soutenue l'entraînement quotidien de Black, et il commence à penser que le grand étalon noir pourra peut-être prendre part à la Coupe internationale. Toutefois, quand il est seul, il se dit : « Alec semble l'avoir bien en main. Mais en ira-t-il de même lorsque cette bête aux réactions imprévisibles se trouvera au milieu de tout un peloton ? Je ne pourrai en être sûr que le jour où les autres arriveront... »

Ce jour vient un peu plus tôt que Henry ne le pense. Un soir, comme l'entraîneur et le jeune homme rentrent de Saratoga où ils ont dîné, ils voient un van qui précède le leur.

— Est-il possible que ce soit Satan ? demande Alec avec un accent inquiet.

— Je ne crois pas, répond Henry. Satan ne doit arriver que demain par train. Je crois plutôt que c'est El Dorado.

— Le cheval sud-américain ?

— C'est ça.

Henry appuie sur l'accélérateur et rejoint le van au moment où il s'arrête près du bâtiment administratif. Il demande au conducteur :

— Vous transportez qui ?

— El Dorado, répond l'homme.

Henry remet en marche.

— C'est le commencement, dit-il à Alec. À partir de maintenant, les choses vont changer.

— Sans doute parce que nous n'aurons plus toute la piste pour nous seuls ?

— Oui, en grande partie. Mais il y a une autre raison.

Ils viennent de descendre de leur voiture devant la stalle neuf, lorsque le van stoppe à une dizaine de mètres derrière eux, à la hauteur de l'écurie qui se trouve en face de l'écurie C. Black fait entendre un hennissement perçant. Henry et Alec se tournent vers lui.

L'étalon, les oreilles couchées, les yeux agrandis par l'étonnement et la curiosité, dresse la tête par-dessus la porte de sa stalle. Il pousse un deuxième hennissement et se met à marteler le battant avec les sabots de ses antérieurs.

— Vous ne croyez pas, Henry, demande Alec, qu'il serait prudent de fermer le haut de sa porte ?

— Au contraire ! Il va falloir que nous l'observions avec attention. Il faut que nous soyons sûrs de lui, avant de décider s'il prendra part à la course.

Deux hommes font descendre El Dorado de son van. C'est un alezan clair, de taille moyenne. Il semble obéir facilement à ses gardiens. Il bouge avec calme, sans à-coups.

— Souple comme un chat, constate Henry. Et, avec ça, plein de force.

— Pourtant, ses performances restent loin derrière celles de Satan, dit Alec.

— C'est vrai. Il est même inférieur à tous les autres. Néanmoins, il faudra avoir l'œil sur lui. Mais ceux qui nous donneront le plus de fil à retordre sont Phar Fly et les Européens.

Quand Black hennit pour la troisième fois, El Dorado s'arrête, répond par un hennissement, et commence de sautiller sur place. L'un de ses gardiens le lâche, court à la stalle qui lui est réservée et se dépêche d'en ouvrir la porte.

Alec se dirige vers Black, qui ne semble avoir d'yeux que pour l'alezan clair, et reste près de lui, tandis que Henry s'approche de l'homme qui tient El Dorado par la bride.

Sans répit, Black martèle sa porte à coups de sabot. Alec lui tend une carotte. L'étalon la refuse. Un moment après El Dorado disparaît dans sa stalle. Henry revient sur ses pas.

— Ils sont ennuyés, explique-t-il à Alec. Il y a deux jours, El Dorado a eu, paraît-il, de la fièvre.

— Il semble pourtant en pleine forme, dit Alec.

— Oui, la fièvre a disparu, et il s'est remis à manger normalement. Mais ils ont bien l'intention de le surveiller nuit et jour...

Un peu plus tard, alors que la nuit est presque tombée, Alec et Henry s'assoient sur le banc placé contre la façade de la stalle de Black.

— Lenny Sansone arrivera avec Satan ? demande le jeune garçon.

— Oui, répond Henry. À mon avis, il vaut mieux qu'il ne le quitte pas un seul instant. J'ai pensé que, même pour les séances d'entraînement, Black n'aimerait pas te voir sur le dos de Satan.

— Vous avez eu raison, Henry.

Longtemps après s'être allongé sur son matelas, Alec entend Black se déplacer d'un pas nerveux sur le sol de la stalle voisine et donner encore de temps à autre des coups de sabots dans le battant de la porte.

Le lendemain matin, Henry monte dans le van et se rend à la gare pour y accueillir Satan. Alec reste sur place afin de s'occuper de Black. Il est en train de panser l'étalon, lorsque l'un des deux lads d'El Dorado apparaît à la porte de la stalle.

— Pourriez-vous nous prêter un seau ? demande-t-il. El Dorado a écrasé le sien hier.

— Volontiers, répond Alec en sortant de la stalle.

Le lad le suit en expliquant :

— Je vous le rendrai cet après-midi. Mon camarade est allé en acheter deux à la ville.

Il prend le seau qu'Alec lui tend et ajoute :

— C'est un drôle de cheval que vous avez là ! J'ai beaucoup entendu parler de lui. Il mérite vraiment sa réputation ?

— Je crois, répond Alec.

Black, dressant la tête par-dessus la porte de sa stalle, recommence à lancer des appels stridents à l'intention d'El Dorado, bien que celui-ci reste invisible.

— Il est toujours comme ça ? demande le lad.

— Non.

— Il vous donne quelquefois des ennuis ?

— Jamais.

Quand le lad est parti, Alec termine le pansage

de Black. Puis il passe dans la stalle où sont les matelas, et il s'apprête à les emporter lorsqu'il se ravise. Il se tourne vers Black et réfléchit : « Ça n'est peut-être pas une bonne idée de mettre Satan près de Black. Pourquoi on ne mettrait pas plutôt Satan dans la stalle huit ? Comme ça, les deux animaux seraient séparés par la stalle neuf où nous couchons, Henry et moi, et on pourra les surveiller, voir comment ils se comportent l'un envers l'autre. Henry, j'en suis certain, obtiendra sans peine l'autorisation pour nous d'utiliser une stalle supplémentaire. »

Il entre donc dans la stalle huit et la prépare pour Satan. Puis, disposant de quelques minutes de liberté, il traverse l'allée dans l'intention d'examiner El Dorado avec plus d'attention qu'il n'a pu le faire avant.

L'un des deux lads, celui qui lui a emprunté un seau, est en train de panser l'alezan clair. Il lève les yeux quand Alec paraît à la porte.

— Comment va-t-il ? demande le jeune homme. Selon Henry, il vous a donné des inquiétudes.

— C'est vrai. Mais il est rétabli. Pourtant, le voisinage de votre cheval noir l'a rendu un peu trop nerveux.

Le lad regarde Alec dans les yeux et poursuit :

— Ce cheval-là, vous êtes sûr de pouvoir le tenir ? J'ai déjà vu des étalons qui ne semblent penser qu'à la bagarre, et il me semble bien que le vôtre est du nombre.

Alec s'apprête à répliquer lorsqu'il entend un bruit de moteur. Se retournant, il voit Henry au volant du van. Près de lui, dans la cabine, sont assis Fred, le lad qui s'occupe de Satan, et le jockey Lenny Sansone. Il les salue d'un geste de la main, tandis que le van, après avoir encore roulé quelques mètres, s'arrête devant les stalles.

Court, trapu, âgé de trente-cinq ans environ, Lenny Sansone est le premier à descendre. Il s'avance vers Alec, la main tendue, un large sourire sur son visage :

— Heureux de te revoir, Alec.

— Moi aussi, Lenny, je suis content de te revoir, répond Alec en étreignant la main du jockey. Tu as admirablement monté Satan.

— Oh ! ce n'était pas difficile. Il suffisait de le laisser aller. D'ailleurs, tu le connais.

Henry et Fred sont déjà passés derrière le van. Alec les rejoint.

— Alors, ce voyage ? demande-t-il au lad.

— Excellent, répond Fred. Satan est le cheval le plus docile que je connaisse.

Dès que l'abattant est ouvert, Satan hennit. Black lui donne sur-le-champ la réplique, par un hennissement si perçant qu'Alec, étonné, pivote sur lui-même, le regarde. Il constate que les yeux de Black ont l'éclat presque insoutenable de la fureur. Lenny Sansone, qui se tient près de la stalle de l'étalon noir, déclare :

— Tu sais, Alec, je le crois capable de défoncer cette porte !

Alec s'approche de Black. Mais celui-ci reste le regard fixé sur Satan, lequel se tient maintenant au sommet de l'abattant.

— Reste près de Black, Alec ! crie Henry.

Il s'est placé à droite de Satan, après avoir conseillé à Fred de se placer à gauche du poulain. Tous les deux, ils étreignent le licol. Satan, les oreilles couchées, presque aplaties sur son crâne, fait entendre un deuxième hennissement, aussi perçant que celui de Black.

— Depuis que je le connais, je ne l'ai jamais vu dans cet état, constate Lenny. Ça doit être le voisinage de Black.

L'étalon noir s'obstine à marteler le battant de la porte.

— S'il continue, il va sûrement le défoncer ! dit Lenny.

Sans trop savoir ce qu'il fait, Alec pèse d'une main sur la tête de Black, la repousse. Puis il se sert de l'autre pour ouvrir promptement la porte et se glisser à l'intérieur de la stalle :

— Vite, Lenny, ferme le verrou !

L'étalon, les yeux flamboyants, se rue de nouveau sur le battant. Alec le caresse, s'efforce de le calmer :

— Allons, Black, allons...

Mais le gigantesque animal continue à trembler de fureur. Le jeune garçon se glisse le long de son flanc, essaie, en tirant sur son licol, de le faire reculer...

Henry, aidé de Fred, fait descendre à Satan le plan incliné de l'abattant. Apercevant Alec à l'intérieur de la stalle, il lui ordonne d'un ton irrité :

— Sors de là-dedans immédiatement !

Mais comment Alec pourrait-il l'entendre ? Cramponné au licol, il suit Black à mesure que celui-ci tourne et retourne avec violence dans la stalle. Il pense : « Quand même, il n'oserait pas me frapper ! » Cependant, il n'est sûr de rien, étant donné la situation. Aussi se tient-il sans cesse aussi près que possible de la tête de l'étalon, lui parlant tour à tour d'une voix caressante et autoritaire. Hélas ! Black, animé par une colère et une haine proportionnées à sa puissance, ne semble plus le connaître.

Brusquement, entraînant Alec avec lui, l'étalon fonce encore une fois sur la porte. Il lève l'un de ses antérieurs, le laisse retomber sur le battant.

Dehors, Satan se cabre, et ses yeux rouges comme des flammes expriment eux aussi la haine.

Lenny Sansone se saisit de la partie supérieure de la porte et dit à Alec :

— Sors vite, Alec ! Dès que tu seras sorti, je fermerai.

Les doigts crispés sur le licol, le jeune garçon se sent envahi par une crainte croissante. Mais il se dit : « Si je lâche prise, si je m'enfuis, c'en sera fait de ma confiance en Black. Il ne m'inspirera plus que de la peur. Or, tout vaut mieux que ça ! » Il se replace devant l'étalon, essaie de le faire reculer, cette fois avec succès, à tel point que Black perd l'équilibre et doit retirer son antérieur resté posé sur le battant.

— Ferme le haut de la porte, dit-il à Lenny.

— Pas avant que tu sois sorti, répond le jockey.

— Ferme, mais ferme donc ! hurle Alec.

Et, comme le haut de la porte reste ouvert et que Black peut continuer à voir ce qui se passe à l'extérieur, Alec tend la main, s'en saisit et le ferme.

La stalle n'est plus éclairée que par une étroite lucarne percée dans la paroi arrière du bâtiment et presque au ras du plafond. Dans cette pénombre, le jeune garçon continue d'accompagner Black en ses moindres mouvements, le caressant aussi et lui parlant avec une patience infatigable. L'étalon lance toujours ses hennissements de défi. Durant une bonne minute, Satan lui donne la réplique. Puis, à l'extérieur, le silence se rétablit. Alec comprend que Fred et Henry ont éloigné Satan de la stalle de Black.

Petit à petit, l'étalon noir devient moins agité. À un moment, il semble réagir aux caresses et à la voix d'Alec. Cependant il ne tarde pas à se remettre à tourner sur lui-même, ne s'arrêtant que pour gratter sa litière d'un sabot nerveux.

Enfin, le regard apaisé, il paraît s'apercevoir de la présence d'Alec à son côté. Il flaire la poitrine du jeune homme, flaire également l'une de ses poches.

Alec s'empresse d'y plonger la main, en retire une carotte, la lui tend.

— Il y a un moment, dit-il, tu n'en voulais pas. Tu n'avais qu'une idée : te battre. Tu sais, Black, ta conduite est déplorable. Ni toi ni moi, nous ne sommes chez nous. Il va falloir que tu t'adaptes. Mais peut-être que je me suis trompé à ton sujet. Peut-être qu'on ne devrait pas être ici...

Tout en parlant, il se souvient de l'impatience qu'il a éprouvée quelques jours auparavant en imaginant la rencontre de Black et de son poulain. Il a même espéré que ce père et ce fils se reconnaîtraient. Quelle naïveté ! Il est obligé de constater qu'il n'y a entre eux nulle affection. Black et Satan ne sont que deux étalons géants, prêts surtout à s'affronter, à se battre. Maintenant, Alec se demande : « Qu'est-ce que je vais faire ? Et qu'est-ce que va faire Henry ? Car c'est lui qui décidera si Black participera à la Coupe internationale... »

Au bout d'un quart d'heure environ, Alec quitte la stalle et fait attention à refermer non seulement le bas de la porte, mais aussi le haut. Il va jusqu'à la stalle de Satan. Henry se tient près de l'entrée et observe le poulain noir. Celui-ci, quand Alec s'approche, fait un pas en arrière.

— Dans quel état est-il ? demande le jeune homme.

Il veut toucher la belle tête, si fine, si finement ciselée. Satan fait un nouveau pas en arrière.

— Il se calme, répond Henry. Oh ! avec lui, tout ira bien.

Alec tire une carotte de sa poche. Satan s'approche. Mais il ne fait qu'un pas en avant, s'arrête, les naseaux frémissants.

— Il sent probablement sur toi l'odeur de Black, explique Henry.

Voyant que le jeune homme s'apprête à remettre la carotte dans sa poche, il ajoute :

— Continue à la lui tendre. Il va se laisser tenter.

De fait, Satan prend la carotte et reste près de la porte. Alec et Henry le caressent.

— Je suis désolé de cet incident, dit Alec.

— Et moi donc ! soupire Henry.

— Qu'est-ce que vous allez faire ?

— Je n'en sais rien. Pour l'instant, je crois que ça ne marchera pas... C'est exactement ce que j'avais prévu.

— Black s'habituera peut-être aux autres concurrents.

— Peut-être, murmure Henry.

— Alors, on décide d'attendre la suite des événements ? demande Alec d'un ton inquiet.

Henry se balance quelques instants de droite et de gauche.

— Vraiment, Alec, je suis très perplexe. Dans l'intérêt général, il serait sans doute préférable de ramener Black à Flushing. Si on le laisse ici, les choses peuvent s'arranger. Elles peuvent aussi s'aggraver.

— Mais, Henry..., commence Alec.

Le vieil entraîneur l'interrompt :

— Comme toi, j'aimerais beaucoup le voir participer à cette épreuve... surtout maintenant que nous nous sommes donné la peine de faire ce long voyage. Cependant, tu as été témoin de l'accueil qu'il a fait à Satan. Il est très capable de traiter les autres concurrents de la même façon.

Black ne peut pas voir un étalon sans avoir envie de l'écraser sous ses sabots. Les chevaux qui ne vont pas tarder à arriver ici ont été entraînés pour la course, et rien que pour ça. Mais Black se moque bien de courir ! Il ne songe qu'à la bagarre.

— Alors que fait-on, Henry ?

— Attendons une semaine. Puis, lorsqu'on aura la certitude que j'avais raison, on regagnera Flushing. Mais, après tout, c'est peut-être toi qui as raison.

En revenant vers la stalle de Black, Alec se sent de moins en moins sûr que l'étalon noir acceptera au bout du compte de se conduire normalement, bref de se « civiliser ». Il pense : « On a sans doute eu tort, Henry et moi, de décider de prolonger notre séjour ici d'une semaine, à titre d'essai. Car, comme l'a suggéré Henry, les choses, au lieu de s'arranger, pourraient bien s'aggraver... »

Un bagarreur

Au cours de la semaine suivante arrivent tous les chevaux engagés dans la Coupe internationale.

Le premier est le crack australien Phar Fly, robuste étalon bai, remarquable par ses balzanes, ainsi que par sa crinière et sa queue d'un noir luisant. Les chevaux européens ne tardent pas à le suivre. L'Anglais Sea King est gris, de taille moyenne et de corps allongé. L'Italien Cavaliere, est bien différent, superbe étalon brun, pourvu lui aussi de quatre balzanes, mesurant au garrot un mètre soixante-dix. Et quelle puissance dans ses lignes, dans ses muscles gonflés ! Vengeur, cheval français, est un petit bai foncé, d'une légèreté d'oiseau, d'une grâce souple, presque féline.

L'Indien Kashmir, qui arrive bon dernier, alezan à front et boulets blancs, se montre d'une robustesse rude et pleine d'allant, et ne mesure au garrot que dix centimètres de moins que Cavaliere.

Naturellement, les concurrents sont accompagnés de leurs propriétaires, de leurs entraîneurs, de leurs lads et de journalistes. Alec et Henry regrettent la tranquillité et la solitude dont ils ont profité pendant plusieurs jours. Maintenant, du matin au soir, des chevaux et des hommes grouillent autour d'eux.

Les deux amis ont décidé de n'ouvrir que l'après-midi et quelques heures seulement le haut de la porte de Black. Pendant tout ce temps, ils ne cessent de surveiller l'étalon noir.

— Il faut qu'il s'habitue au voisinage de ses semblables, a dit Henry. Sinon, on ne pourra jamais le sortir de sa stalle.

Mais Black semble éprouver envers les autres étalons une haine croissante. Ses hennissements de défi retentissent sans cesse, même lorsque le haut de sa porte est fermé.

Une semaine avant la course, Alec et Henry, accoudés à la barrière de la piste, regardent Lenny Sansone procéder à l'entraînement de Satan, tandis que d'autres jockeys entraînent Cavaliere et Vengeur.

Henry a placé son chronomètre dans le creux

de sa main. Au moment où Satan, les oreilles aplaties sur le crâne, passe au grand galop devant les deux amis, le vieil entraîneur presse sur le bouton du chronomètre, jette un coup d'œil au cadran et dit à Alec, sans dissimuler son enthousiasme :

— Il est tout à fait au point. Il faudra que les autres se donnent du mal pour le battre !

— Combien ? demande Alec.

— Quarante-trois secondes.

— Black a fait autant sur cette distance.

— Je sais, Alec. Mais à quoi lui sert sa vitesse, puisqu'on est obligés de le garder enfermé comme un poulain qu'on vient juste de sevrer ?

Cavaliere, le crack qui a gagné le Derby d'Italie, passe en trombe à son tour.

— Il a la même allure que Satan, remarque Alec.

— C'est vrai, dit Henry. Mais ce n'est pas lui qu'il faut surveiller. C'est celui-là.

Il montre Vengeur, le crack français, qui remonte la piste à la vitesse de l'éclair.

— Malgré son apparence un peu trop gracieuse, il est vraiment rapide. Pas étonnant qu'il ait gagné cette année le Derby d'Irlande et des courses très importantes en France !

Effectivement, Vengeur montre une légèreté incroyable et semble glisser sur la piste.

— Ses mouvements sont réguliers comme ceux d'une machine, constate Henry. Et sois-en bien certain, Alec, il ne commettra pas la moindre faute. Il faut que je dise à Lenny de l'avoir à l'œil. C'est le genre de cheval qui se faufile jusqu'à vous et vous dépasse avant que vous vous en aperceviez !

Alec se tourne vers son ami :

— Henry, que va-t-on faire de Black ? On ne va pas le garder indéfiniment enfermé, il serait malheureux. Il faut qu'on prenne une décision.

— À ton avis, Alec, quelle décision on doit prendre ? demande Henry.

— Je ne sais pas ! Quelquefois, je me dis : « Bien sûr, il fait un boucan assourdissant. Mais, si on le libérait, il ne chercherait peut-être pas à se battre ». Après tout, c'est la première fois depuis longtemps qu'il est en contact avec d'autres chevaux. C'est sans doute pour ça qu'il se montre si nerveux...

— Le libérer ? répète Henry. Je me suis tenu le même raisonnement que toi, Alec. Mais il se peut qu'on se trompe tous les deux.

— À moins qu'on n'ait raison, Henry.

— C'est possible...

— N'oubliez pas, Henry, qu'il s'est conduit normalement avant l'arrivée des autres concurrents.

— Oui, Alec... jusqu'à l'arrivée des autres,

justement ! Et ces autres sont toujours ici, que je sache. D'ailleurs, par sa seule présence, par ses hennissements, sa nervosité contagieuse, il ne leur rend pas la vie facile.

— Je sais, Henry, reconnaît Alec. Mais, si on le libérait, il se montrerait peut-être moins agressif. D'ailleurs, il a besoin d'entraînement...

Après un instant de réflexion, le jeune homme ajoute :

— De cette façon, Henry, on serait au moins fixés. Et, si on avait la certitude qu'il est décidément intraitable, on le ramènerait à Flushing. Pour mon compte, je n'aurais pas de regrets, puisqu'on aurait tout essayé...

— En somme, tu estimes qu'en agissant ainsi on appliquerait la méthode qu'Abou Ichak, s'il avait vécu, aurait employée ?

— C'est exactement ça, Henry.

Lenny Sansone conduit Satan au petit trot vers les deux amis. Il est encore à trois cents mètres environ lorsqu'il crie :

— C'est assez pour aujourd'hui, Henry ?

Le vieil entraîneur répond :

— Oui, Lenny, c'est assez.

Puis, se tournant vers Alec :

— On va le chercher.

— Qui, Henry ? Black ?

— Bien sûr, réplique Henry en se dirigeant

vers les écuries. C'est ce que tu désires, n'est-ce pas ?

Ils ne sont plus qu'à courte distance de la stalle de l'étalon noir lorsque le journaliste Jim Neville les rejoint.

— J'arrive juste de New York, explique-t-il. On raconte partout que Black ne participera pas à la Coupe internationale. C'est possible ?

— Jusqu'ici, rien n'est définitif, dit Henry. Ce qui est certain, c'est que Black nous a donné des soucis.

— On prétend qu'il ne cherche qu'à se jeter sur les autres chevaux. C'est vrai ?

Comme Henry, qui continue à marcher, reste silencieux, Jim Neville s'adresse à Alec :

— Ton opinion, Alec ?

— Oh ! je n'ai pas d'opinion. Je ne sais qu'une chose, Jim. Si, sur la piste et à l'entraînement, Black a l'air de vouloir se battre, on le retire de la course.

— Quand prendrez-vous votre décision ?

C'est Henry qui répond :

— Dans quelques minutes.

À ce moment, ils aperçoivent plusieurs personnes rassemblées devant la stalle d'El Dorado. Ils s'approchent et voient le vétérinaire de l'hippodrome près de l'étalon sud-américain. Alec entend un lad expliquer :

— Cette nuit, El Dorado a eu une très forte fièvre. On a jugé prudent de faire venir le vétérinaire.

El Dorado, tête basse, se balance lentement d'une jambe sur l'autre, comme si le poids de son propre corps lui était insupportable.

Au bout de quelques minutes, le vétérinaire sort de la stalle et s'éloigne d'un pas rapide. Les personnes présentes s'attardent encore un moment, puis se dispersent. Henry et Alec reprennent leur marche vers la stalle de Black.

— À votre avis, Henry, de quoi souffre El Dorado ? demande Alec.

Le vieil entraîneur, pensif, ne répond pas. Arrivé devant la stalle de Black, il dit au jeune homme :

— Entre et ouvre le haut de la porte. Je t'apporte la selle et la bride.

Alec se glisse dans la stalle. Black s'avance vers lui et, dès que le haut de la porte est ouvert, et qu'il aperçoit Vengeur et Cavaliere qui reviennent de la piste, il lance un hennissement perçant. Alec se met à le caresser.

— On va sortir, Black. On espère que tu te montreras raisonnable. Sinon, c'est le retour à Flushing.

Peu après, Henry revient et tend la selle à Alec. Le jeune homme la pose sur le dos de l'étalon noir. Celui-ci ne commence à s'agiter que lorsque Alec serre sa sangle et lui passe la bride par-dessus la tête. Ses yeux brillent, ses oreilles pointent, son poitrail exerce une pression croissante sur le battant de la porte.

Alec dit à Henry :

— Il a compris ce qu'on va faire...

À ce moment, Kashmir passe devant l'écurie et se dirige vers la piste. Black, en multipliant les hennissements de défi, le suit du regard.

— J'en ai terminé, Henry, fait Alec.

Le vieil entraîneur jette un coup d'œil aux lads et aux jockeys qui, plantés çà et là sur le seuil des autres écuries, semblent observer ses moindres mouvements. Après quoi, il prend Black par la bride et ouvre la porte.

L'étalon noir, tenu à gauche par Henry et à droite par Alec, sort vivement de sa stalle. Il continue à hennir, à s'ébrouer. Mais il ne tente ni de se cabrer ni de se dégager.

— Je crois que tout ira bien, murmure Alec.

— On n'en est qu'au commencement..., répond Henry.

Black presse le pas, semble avoir hâte d'arriver là où les deux amis le conduisent. Près de la porte donnant accès à la piste, Henry aide Alec à se hisser en selle.

— Qu'est-ce que je vous disais ! s'exclame

Alec. Vous le voyez, Henry, il bouge à peine. En tout cas, pas le moindre écart.

Henry secoue la tête :

— Tu avais peut-être raison, Alec, bien que ce soit difficile à croire. Maintenant vas-y, mais lentement.

Soudain, quelques secondes plus tard, lorsque Black et Alec ont atteint la piste, Henry hurle :

— Alec !

Il vient d'apercevoir Kashmir qui contourne le premier tournant et il comprend pourquoi Black a montré tant d'indifférence aux lads et aux jockeys qui se tenaient devant les stalles, et tant de hâte à se retrouver sur la piste. Black sait que Kashmir l'y a précédé, et tout laisse à penser qu'il a l'intention de le rejoindre !

Henry hurle de nouveau :

— Alec !

Mais le jeune homme ne peut plus l'entendre. Black s'est élancé au galop. Alec tente en vain de le retenir. L'étalon noir, s'il réussit à rattraper Kashmir, lui fera sûrement passer un mauvais quart d'heure !

Brusquement, Henry tourne les talons et reprend le chemin des écuries.

Alec n'a pas oublié les instructions de l'entraîneur. Il tente toujours de retenir Black. Cependant celui-ci tire avec obstination sur les rênes. Il veut manifestement aller plus vite encore. « C'est bien naturel, pense Alec. On l'a gardé si longtemps enfermé dans sa stalle ! »

Il se penche le plus possible sur l'encolure et dit à l'oreille de l'étalon :

— Doucement, Black, doucement. C'est trop tôt pour faire ce que tu veux. Et ce n'est pas ce qu'Henry souhaite.

Tirant toujours sur les rênes et galopant toujours plus vite, Black aborde le premier tournant.

Le tournant dépassé, Alec voit Kashmir à moins de deux cents mètres. C'est à ce moment que Black, après un hennissement d'allégresse, prend le mors aux dents. Sa tête se dresse, ses oreilles se rabattent presque sur son front, son corps paraît s'allonger parallèlement au sol.

Que peut faire Alec ? Il a perdu le contrôle de sa monture. Et Black n'est déjà plus qu'à une dizaine de mètres de Kashmir !

Le jockey de ce dernier, entendant un galop derrière lui, se retourne, et il commence à faire usage de sa cravache.

Mais il n'obtient d'autre résultat que de pousser Kashmir à tourner vers la droite et à se trouver exactement à portée de Black. L'étalon noir, profite de l'occasion et tente de mordre Kashmir au garrot. Alec lutte désespérément pour le retenir.

Il le frappe même d'un coup de poing sur les naseaux. Black crie de douleur et opère un écart si violent que son cavalier est presque désarçonné.

L'instant d'après, les deux étalons, arrêtés dans leur élan, s'apprêtent à se jeter l'un sur l'autre. Le jockey de Kashmir met pied à terre. Alec essaie encore d'obliger Black à faire demi-tour. Mais celui-ci se moque bien du mors qui pourtant lui scie la bouche ! Soudain, à quelques pas de Kashmir, il se cabre, dans l'intention de marteler son adversaire avec les sabots de ses antérieurs. À ce moment, Alec voit Henry et plusieurs hommes qui accourent, armés de bêches et de fourches.

Kashmir, à la vue des hommes, fait un écart. Mais ceux-ci réussissent à se saisir de lui. Black, lui, dès qu'il est retombé sur ses antérieurs, tente de prendre la fuite. Cependant, Henry le tient déjà par la bride. Alec, quand Black retombe, heurte si rudement le garrot de sa monture, qu'il croit perdre connaissance. Lorsqu'il a retrouvé une vision claire des choses, il constate que d'autres hommes, surgis il ne sait d'où, se cramponnent à la bride de Black et qu'on lui a passé une corde autour de l'encolure. Et, sous ses genoux et ses jambes, il sent frémir le corps gigantesque de l'étalon noir.

Il se rend compte que tout est fini, que Black vient lui-même de sceller son destin, qu'il ne participera jamais à la Coupe internationale...

*

* *

Une heure plus tard, Alec se tient silencieux près de Black, dans la stalle dont la porte a été soigneusement fermée. Henry est allé annuler l'engagement de l'étalon noir dans la Coupe internationale.

Alec, réfugié dans un coin de la stalle, attend que Black vienne à lui. Il veut lui demander pardon de l'avoir frappé, de l'avoir conduit là où il n'a pas sa place. Il se sent responsable. Henry l'a mis en garde, et il n'en a fait qu'à sa tête. Il était tellement persuadé de pouvoir rester maître de cet animal fougueux et toujours prêt à se battre ! « Mais tout ça s'éloigne déjà, se dit-il. Je vais repartir de zéro. Je vais conduire Black à notre ranch. J'y retrouverai papa et, lui et moi, nous mettrons nos plans à exécution, pendant que Henry fera courir Satan sur divers hippodromes. Quant à la Coupe internationale... eh bien, non, je n'ai même pas envie d'y assister. Je n'ai plus qu'un désir : c'est d'être loin, très loin d'ici, avec Black. »

Il reprend, à haute voix cette fois, en regardant l'étalon :

— Je sais que j'ai beaucoup à réparer. Car, tu n'es pas responsable de ce qui s'est produit. Tu n'as fait qu'obéir à ton instinct. Tu n'as pas subi l'entraînement qu'on impose aux chevaux de course. Et, pour bien des raisons, je n'en suis pas mécontent. Je te préfère comme tu es. C'est d'ailleurs pour ça que nous allons partir.

Il est au même endroit depuis longtemps lorsque Black se décide à s'avancer vers lui. Mais l'étalon s'arrête à quelques pas, allonge son encolure et flaire les poches du jeune garçon. Alec veut le caresser. Black redresse la tête, recule. Alors, Alec tire de l'une de ses poches une carotte et la lui tend. Black daigne la prendre, et le jeune homme peut enfin le caresser.

Henry a dit :

— Il se peut que le coup que tu lui as donné lui ait fait beaucoup de bien. Si Black avait été frappé par une autre personne, il n'en serait peut-être devenu que plus furieux. Mais, sans le vouloir, tu lui as sans doute appris qu'il commettait une faute en essayant d'attaquer Kashmir.

Pour son compte, Alec n'est pas sûr d'avoir rendu à Black un service. Il ne sait qu'une chose : il regrette au plus profond de lui-même cet incident qui aurait pu se terminer tragiquement.

Après être resté presque une heure près de Black, il se décide à sortir de la stalle. Dehors, il voit qu'un groupe s'est reformé devant la stalle d'El Dorado. Il reconnaît des lads, des jockeys, des journalistes. Il va s'approcher, lorsque Henry, se détachant du groupe, vient vers lui.

— Il va plus mal ? demande le jeune homme.

Henry le prend par le bras et le ramène dans la direction de la stalle de Black. Mais Alec a eu le temps de lire une inquiétude réelle dans les traits des hommes rassemblés à la porte d'El Dorado.

— Je ne suis pas allé au bureau pour faire annuler l'engagement de Black, explique Henry. Ça n'était pas nécessaire...

— Tiens, pourquoi ? demande Alec.

Il s'aperçoit que Henry n'a pas jusqu'ici tourné une seule fois la tête dans sa direction. Il lui jette un coup d'œil et est désagréablement surpris par l'expression du visage de son vieil ami.

— J'ai rencontré en chemin le vétérinaire de l'hippodrome, explique Henry. Il était allé chercher un collègue, le vétérinaire de l'État.

— Mais enfin, Henry, pourquoi ? El Dorado est gravement malade ?

L'entraîneur se décide à se tourner vers le jeune garçon :

— Oui, Alec. Il a la malaria. Chez les chevaux, aucune maladie n'est plus grave. Il n'y a pas de traitement possible. El Dorado sera abattu ce soir. On ne peut rien faire d'autre.

Alec a l'impression que le sang s'est glacé dans ses veines. Après quelques instants, il demande :

— Ce n'est pas contagieux, n'est-ce pas ?

— Si, Alec. Quand on ne prend pas des mesures énergiques, cette maladie peut se transformer en épidémie. On ne peut pas partir. Les chevaux sont en quarantaine. Demain matin, il y aura réunion au bureau. À ce moment, on en saura un peu plus long.

Alec garde le silence. Dans l'écurie qui fait face à celle de Black, il y a Vengeur, Cavaliere et Kashmir. Ils passent la tête par-dessus la porte de leurs stalles. Dans la même écurie que Black, trois autres chevaux sont logés : Phar Fly, Satan et Sea King. Tous – oui, tous ! – ont été et restent exposés à la contagion. Maintenant, plus question de partir. Trop tard.

Black pousse un hennissement étouffé. Alec ne se tourne pas vers lui. Il se contente d'enfouir sa figure dans ses mains tremblantes, tandis que Henry, pour lui rendre courage, lui jette son bras autour des épaules.

13

Danger !

Tous silencieux et graves, les propriétaires et les entraîneurs entrent dans le bureau du secrétaire de l'association des courses. Ils prennent place sur les chaises disposées en demi-cercle devant la table rectangulaire à laquelle sont assis le secrétaire lui-même et le vétérinaire de l'État. Derrière la table se tiennent les journalistes, blocs et stylos déjà à la main.

Alec occupe la chaise voisine de celle de Henry.

Le secrétaire se lève et commence, en lisant une feuille de papier posée devant lui :

— L'autopsie pratiquée ce matin a démontré qu'El Dorado était atteint d'une maladie infectieuse communément appelée malaria.

Il lève la tête et poursuit en regardant les assistants :

— Nous savons que vous avez tous quelque connaissance de cette maladie. Néanmoins, nous avons estimé utile de prier le vétérinaire d'État, M. Murray, ici présent, de vous faire un exposé aussi détaillé que possible sur la malaria.

À son tour, le vétérinaire se lève, et un rayon de soleil se faufilant à travers les rideaux de la fenêtre fait briller son crâne chauve.

— La cause de la malaria, annonce l'orateur d'un ton solennel, est un virus qui s'introduit dans les vaisseaux sanguins. Ce virus se rencontre fréquemment chez le cheval et le mulet. Un cheval peut mourir dès le premier accès ou bien – et ceci se produit souvent – il se rétablit et semble se porter le mieux du monde... jusqu'à l'accès suivant. Quand les accès se succèdent à des intervalles rapprochés, la mort ne tarde pas à intervenir. Les chevaux atteints de cette maladie devraient être abattus sur-le-champ, afin de ne pas contaminer leurs semblables.

Le vétérinaire s'arrête, reprend sa respiration et ajoute :

— Actuellement, il n'existe pas de vaccin capable d'immuniser le cheval contre la malaria.

Il se redresse de toute sa taille et poursuit en promenant son regard autour de lui :

— Cette maladie, si elle n'est pas immédiatement maîtrisée, peut se transformer en épidémie. Les chevaux atteints la transmettent aux bêtes saines par l'intermédiaire des mouches, des moustiques, mais aussi par celui des peignes, des brosses, des étrilles, des selles, des brides, des couvertures, etc. Elle se répand également lorsque les chevaux malades et les chevaux sains boivent dans les mêmes récipients ou lorsqu'ils sont en contact étroit, dans une écurie par exemple.

Le vétérinaire s'arrête de nouveau, garde un instant les yeux fixés sur la table, puis les reporte sur les assistants :

— Vos chevaux, messieurs, ont tous été exposés à la contagion. Aujourd'hui encore, ils peuvent être atteints, car la période d'incubation est en général de sept à vingt-huit jours, période pendant laquelle il est difficile, sinon impossible, de relever des symptômes caractéristiques. Ces symptômes sont : température s'élevant jusqu'à quarante-trois degrés ; tête basse ; tendance de la bête à faire porter le poids de son corps tantôt à droite, tantôt à gauche ; respiration haletante ; enflure des jambes et perte de poids. Il a donc été décidé, messieurs, que vos chevaux seraient mis en quarantaine. Ce délai nous est indispensable pour savoir s'ils sont ou non contaminés. Cette décision, que nous avons prise avec regret, est pour nous le seul moyen d'empêcher l'extension de la maladie. Naturellement, la direction de l'hippodrome s'est vue dans l'obligation d'annuler l'épreuve dite « Coupe internationale ». Quant aux chevaux, il va vous falloir les conduire jusqu'à un domaine qui appartient à l'État, et qui se trouve à courte distance d'ici. Dès qu'ils seront sur place, nous procéderons à diverses expériences de contrôle. Je souligne que ce séjour au domaine en question n'est pas pour vous, ou plutôt pour vos chevaux, une obligation absolue. Mais je précise qu'il est de votre devoir d'y consentir de bonne grâce, à seule fin, je le répète, d'empêcher l'extension de la maladie.

Le vétérinaire s'arrête plus longuement que les deux premières fois. Après quoi, il demande :

— Que ceux qui acceptent lèvent la main.

Pour la plupart à contrecœur, les assistants lèvent la main. Tous se taisent. L'annulation de la Coupe internationale à laquelle ils ont pourtant songé pendant des mois les laisse maintenant indifférents. En revanche, chacun d'eux pense avec appréhension : « Pourvu que mon cheval ne soit pas atteint ! Pourvu que je ne sois pas obligé de le faire abattre ! »

Quand le vétérinaire reprend la parole, les regards se fixent sur lui.

— Vos chevaux peuvent avoir la malaria sans

en montrer les symptômes. Le seul moyen pour nous d'être fixés est celui-ci : sur chaque animal nous ferons un prélèvement de sang ; nous réunirons les prélèvements en un seul et nous l'inoculerons à un cheval dont nous serons certains qu'il n'a pu être contaminé. Si ce cheval ne montre pas, dans les délais requis, le moindre symptôme de malaria, nous rendrons aux autres la liberté. Dans le cas contraire, ils seront examinés individuellement afin de déterminer si l'un d'eux est contaminé – ou plusieurs d'entre eux.

Le vétérinaire toussote, puis conclut en ces termes :

— Je n'ignore pas, messieurs, que cela représente pour vous un ennui grave. Nous sommes sensibles à la spontanéité avec laquelle vous avez accepté de coopérer avec nous, et nous souhaitons naturellement que vos chevaux soient reconnus indemnes et rendus à la liberté. Je précise que le départ aura lieu à midi. Tous les chevaux voyageront individuellement. Nous fournirons des véhicules aux propriétaires qui n'en auraient pas.

Les entraîneurs et les propriétaires sortent du bureau aussi silencieusement qu'ils y sont entrés, laissant les journalistes rassemblés autour du secrétaire et du vétérinaire.

Henry et Alec s'éloignent à pas lents et restent

un bon moment sans ouvrir la bouche. À la fin, Henry déclare :

— On va téléphoner à ton père. Il ne faut pas lui laisser le temps d'être mis au courant par les journaux.

— C'est fini, n'est-ce pas, Henry ? demande Alec. Nos beaux projets sont à l'eau...

— Ne sois pas stupide, Alec ! proteste l'entraîneur d'un ton un peu irrité. Les chevaux ne sont peut-être pas tous atteints, ainsi que l'a dit d'ailleurs le vétérinaire. Il se peut même qu'ils soient indemnes. Mais il est indispensable d'en faire la preuve. El Dorado ne devait pas être malade depuis bien longtemps. Il y a donc de grandes chances pour que le cas reste isolé. Souviens-toi : chaque jour, on pulvérisait du DDT dans chaque écurie. J'ai aperçu quelquefois une mouche, jamais un moustique. De plus, n'oublie pas qu'on n'a jamais employé un ustensile provenant de la stalle d'El Dorado. On s'est toujours débrouillés par nos propres moyens. Et, aujourd'hui, ça compte !

— Un ustensile..., répéta Alec avec lenteur. Si pourtant... un seul...

— Lequel ?

— Le lendemain de l'arrivée d'El Dorado... Vous étiez allé chercher Satan à la gare...

— Et alors ? reprend Henry avec impatience.

Puis d'un ton plus hésitant :

— De quel ustensile s'agit-il, Alec ?

— J'ai prêté l'un de nos seaux au lad d'El Dorado...

Henry s'arrête brusquement de marcher :

— J'espère qu'il ne te l'a pas rendu ?

— Si, quelques heures plus tard.

Henry se remet en marche et dit avec une légèreté feinte :

— Je ne crois pas que ça soit inquiétant. Il faudrait un hasard extraordinaire pour que...

— Mais, Henry, c'est effrayant ! interrompt Alec. Rien que d'y penser... même si le risque est minime...

— Et ce seau, tu l'as utilisé ?

À ce moment, les deux amis longent l'écurie C.

— Oui, Henry, répond Alec, le visage assombri d'anxiété, je l'ai utilisé pour faire boire Black.

— Eh bien, moi, je suis sûr que, de tout ça, il ne sortira rien de grave. Pour qu'un cheval attrape la malaria, il faut qu'il ait un contact plus constant et plus étroit avec la bête malade.

— Pourtant, Henry, le vétérinaire a expliqué que c'était dangereux de faire boire un cheval malade et un cheval sain dans le même récipient.

— Il voulait sans doute signifier que c'est dangereux de les faire boire en même temps, précise

Henry. En tout cas, Alec, tu n'as aucune raison de te tourmenter. Ne pense plus à ce seau. D'ailleurs, cette affaire remonte à deux semaines, et Black se porte toujours comme un charme.

Alec, cependant, insiste :

— Le vétérinaire a dit aussi que certains chevaux n'ont aucun symptôme.

Cette fois, Henry se met presque en colère :

— Allons, Alec, laisse tomber ! On jurerait que tu compliques les choses à plaisir, aussi bien pour toi que pour moi. À quoi bon prévoir des catastrophes qui ne se produiront peut-être jamais ? On ne peut rien faire d'autre que d'attendre.

Arrivé devant la stalle, Alec s'approche de Black.

— Je vais préparer Satan, dit Henry.

Le jeune garçon répond à mi-voix :

— Black sera prêt lui aussi dans quelques minutes.

Il sent sur sa main les naseaux tièdes de l'étalon noir. Les larmes lui viennent aux yeux. Il voudrait parler, mais les mots refusent de franchir ses lèvres. Il se détourne et, dans ce mouvement, il aperçoit Satan qui passe la tête par-dessus la porte de la stalle.

Black se met à mordiller sa manche. Cependant, dans un tel moment, Alec n'a même plus le courage de prêter attention à ses chevaux.

En exil

Il est un peu plus de midi lorsque les vans quittent l'hippodrome. Quand les deux amis commencent à rouler sur la route, Henry dit à Alec avec un haussement d'épaules :

— Il paraît qu'ils ont l'intention de faire courir l'an prochain la Coupe internationale...

— Bonne idée, marmonne Alec. Mais, parmi les chevaux qu'on connaît, combien y participeront ?

— Voilà que tu remets ça ! s'exclame Henry. Laisse tomber, Alec, laisse tomber.

— Excusez-moi, Henry...

Suivant en file indienne la voiture noire du vétérinaire, les sept vans qui transportent Satan, Black, Sea King, Vengeur, Phar Fly, Kashmir et Cavaliere s'engagent déjà dans les rues de la ville. Les passants regardent avec curiosité cette étrange procession.

Henry esquisse une grimace :

— Le fait est qu'on jurerait un enterrement ! Pourtant, il s'agit de tout autre chose. Le vétérinaire a été formel, n'est-ce pas ? Aucun de nos chevaux n'a peut-être été contaminé.

— Vous l'avez déjà dit plusieurs fois, Henry, fait remarquer Alec.

Les deux amis échangent un coup d'œil. Henry est le premier à se retourner et, comme pour changer de sujet :

— Je t'ai annoncé que ton père venait à notre rencontre ?

— Oui, Henry.

— Il m'a dit : « Je pars tout de suite. » Alors, je lui ai conseillé de nous retrouver à l'auberge de Mountainview, le village le plus proche du domaine d'État. Du moins, c'est ce qu'on m'a assuré au bureau de l'hippodrome.

Ils roulent maintenant sur une route à grande circulation qui s'étire en ligne droite jusqu'à un superbe panorama de forêts et de collines. Un van, qui précède le leur, transporte Satan. Il a été prêté, ainsi que son chauffeur, par l'administration de l'hippodrome. Sans arrêter de le regarder, Alec demande :

— Quelle a été la réaction de Lenny et de Fred quand vous leur avez annoncé qu'on avait décidé de les renvoyer à New York ?

— Ils ne pouvaient rien faire d'autre que de s'incliner, répond Henry. Toi et moi, on peut bien soigner Satan et Black. Pourquoi continuer à payer du personnel devenu inutile, au moins provisoirement ? Lenny et Fred trouveront sûrement du travail à Belmont, l'un comme jockey, l'autre comme lad.

Ils roulent quelques kilomètres sans parler. Puis Alec repose une question :

— Ces prélèvements de sang, Henry, vous savez de quoi il s'agit ?

— Oui. Si j'ai bien compris, chaque cheval subira une prise de sang. Le sang recueilli sur tous les chevaux sera mélangé, et un échantillon du mélange sera injecté à une bête saine, que le vétérinaire lui-même aura choisie.

Alec secoue la tête :

— Le pauvre cobaye, en quelque sorte ! En somme, tout notre rôle consistera à observer sur lui l'apparition des symptômes de la malaria.

— Exactement. Mais, si rien ne se produit, nous aurons la certitude que nos chevaux ont échappé à la contagion.

— Et si des symptômes apparaissent ?

— Eh bien, répond Henry en fronçant les

sourcils, le vétérinaire en déduira que l'un des chevaux au moins est atteint. Il recommencera les prises de sang, mais, cette fois, le liquide sera probablement injecté à sept bêtes saines... une bête pour chaque cheval de course. Et l'expérience sera renouvelée aussi longtemps que le vétérinaire n'aura pas isolé le cheval... ou les chevaux contaminés.

— Si un cheval montre, par certains symptômes, qu'il est contaminé, il n'y aura aucune raison, n'est-ce pas, de continuer sur lui l'expérience ?

— Non, naturellement, fait Henry avec le même froncement de sourcils. Il ne restera plus qu'à l'abattre...

Après un silence, il ajoute :

— Mais, jusqu'ici, les chevaux de course semblent indemnes. Et je suis persuadé qu'aucun d'eux ne montrera le moindre signe de malaria.

À son tour, Alec reste silencieux. Puis il demande :

— Selon vous, Henry, combien de temps durera l'expérience ?

— Au moins quarante jours, si je suis bien renseigné. On n'est donc pas au bout de nos peines. Selon le vétérinaire, la période d'incubation peut se prolonger vingt-huit jours. À l'expiration de ce délai, nous devrons encore attendre deux semaines, car il faut qu'on ait la certitude absolue que le cobaye, comme tu dis, est indemne lui aussi.

Deux heures plus tard, Henry et Alec, après avoir traversé les vastes champs d'une vallée, pénètrent dans le petit village de Mountainview. Au nord se dressent des pics nus et déchiquetés par les vents, tandis qu'à l'ouest, au-delà du village, on aperçoit une chaîne de collines couronnées d'une forêt de conifères.

Le convoi traverse sans s'arrêter le village de Mountainview où la seule maison possédant un étage est l'auberge. Un peu après la sortie du village, il tourne à gauche et s'engage sur une route pavée, franchit un pont qui enjambe une assez large rivière, puis file vers la chaîne de collines. Quinze cents mètres plus loin, la route pavée se termine, ou plutôt elle se prolonge en un chemin de terre qui se faufile à travers la forêt.

— Ce vétérinaire nous emmène vraiment loin ! remarque Alec en regardant les hautes et denses murailles de la forêt qui semblent se pencher sur le chemin.

Bientôt, le sol devient moins inégal, et les vans peuvent rouler plus vite. Après une ligne à peu près droite de deux kilomètres environ, le chemin tourne à gauche et, par une série de lacets, escalade une pente assez faible. Puis les arbres se font plus rares, et les véhicules débouchent dans une immense clairière.

À l'extrémité de cette clairière, il y a une longue grange badigeonnée de peinture blanche. Derrière la grange, un pâturage de superficie modeste s'entoure de barrières et se prolonge jusqu'au pied d'une colline. Là, on aperçoit une maison blottie dans les pins.

Le reste de la clairière se déploie à gauche du chemin. Lui aussi s'entoure de barrières qui se rapprochent dans le lointain et semblent s'enfoncer au cœur de la forêt.

Le vétérinaire dépasse d'une vingtaine de mètres la porte de la grange et s'arrête. Il descend de sa voiture et échange quelques mots avec un homme qui est venu à sa rencontre. Finalement, il se tourne vers les vans et fait signe aux conducteurs de s'avancer.

Henry s'exécute, arrête son véhicule près de celui qui transporte Satan.

— Viens, Alec, dit-il.

Les deux amis sautent de la cabine, se placent devant leur véhicule et attendent les instructions du vétérinaire, tandis que le reste du convoi se range derrière eux. L'arrière-garde est formée par les voitures des journalistes.

Henry déclare d'un ton impatient :

— Je vais demander au vétérinaire de nous

permettre de faire entrer Black le premier dans la grange. Sois prêt dans quelques minutes.

Alec se dépêche d'ouvrir l'abattant. Il pénètre dans le van et, comme Black l'accueille d'un hennissement, il lui dit :

— Sois sage, tu vas descendre.

Il a déjà détaché l'étalon noir lorsque Henry reparaît et annonce :

— Le vétérinaire est d'accord. Maintenant, ne perdons plus de temps.

En lui parlant presque sans cesse, Alec fait pivoter Black sur lui-même, l'amène jusqu'au sommet de l'abattant. Là, Black s'arrête, les yeux fixés sur la prairie qui se déploie devant la grange. Soudain, il s'ébroue, en réponse à un hennissement poussé par un autre étalon.

Cependant, il se laisse entraîner sans hésitation le long de l'abattant, jusqu'au sol. Puis il se met en marche d'un pas léger et rapide, son regard toujours fixé sur la prairie. Et, avec la même docilité, il franchit le seuil de la grange.

— Conduisez-le là-bas tout au fond et à gauche, dans la dernière stalle, dit le vétérinaire à Alec.

Se tournant vers Henry, il explique :

— Je vous serais obligé, monsieur Dailey, de placer Satan dans la stalle précédant l'avant-dernière. Nous voulons que les chevaux soient tous non seulement dans les stalles de gauche, mais que chacun d'eux soit séparé de son voisin par une stalle vide.

Alec entraîne Black, dont les sabots martèlent en cadence le plancher de l'allée centrale, vers le fond de la grange. Les stalles sont entourées de cloisons surmontées d'un épais grillage. Black s'arrête devant la stalle qui lui est destinée. Mais Alec, avant de l'y faire entrer, le contraint à décrire un cercle.

Juste à l'instant où il referme sur Black et sur lui-même la porte de la stalle, il voit Satan qui, conduit par Henry, franchit le seuil de la grange. Black salue le nouveau venu d'un hennissement. Satan se contente de danser un peu sur place et de coucher les oreilles. Puis il continue de suivre Henry. Alec sort de la stalle de l'étalon noir, se dirige vers son ami. Celui-ci l'arrête d'un geste :

— Reste où tu es, Alec. N'oublie pas que Black est jaloux.

Satan est déjà enfermé dans sa stalle lorsque Phar Fly franchit à son tour le seuil de la grange. Peu après, lui succèdent Vengeur, Cavaliere, Sea King et enfin Kashmir.

Quand les étalons ont pris place dans leurs stalles respectives, Black continue de leur lancer des hennissements de défi. Et, à travers son grillage, il les couve d'un regard flamboyant.

— Il faudrait tout de même qu'il s'habitue à eux, dit Henry. Pendant longtemps, il n'aura pas d'autres voisins.

— C'est bien ce que je regrette ! fait Alec d'un ton amer.

Henry ne répond pas.

Jim Neville se détache du groupe des journalistes rassemblés autour du vétérinaire et s'avance vers les deux amis :

— Je suis désolé, Alec. Je me sens en partie responsable de ce qui arrive à Black. Je n'ai pas oublié notre conversation de Flushing...

— Moi non plus, Jim, répond Alec. Mais c'est moi qui ai tout décidé. Je suis le seul responsable.

Sur ces mots, il sort de la grange. Il s'arrête à quelques pas de la porte et contemple la prairie qui s'étend jusqu'à l'orée de la forêt.

— Ils n'auront pas le droit d'aller dans cette prairie, murmure-t-il d'un ton amer. Il leur est interdit de brouter la même herbe...

Il est à cet endroit depuis quelques minutes lorsqu'il voit une voiture qui sort de la forêt dans un nuage de poussière. Il attend qu'elle se soit rapprochée. Puis il s'élance à sa rencontre.

Son père est au volant et, près de son père... Mais oui, c'est Tony !

Alec saute sur le marchepied de la voiture qui

roule encore. Son père le saisit par le bras et lui dit :

— C'est l'aubergiste de Mountainview qui nous a indiqué l'itinéraire pour venir jusqu'ici.

Tony est le premier à descendre.

— Tu sais, Alec, murmure-t-il avec tristesse, je n'ai pas hésité une seconde à accompagner M. Ramsay quand j'ai appris la terrible nouvelle. D'ailleurs, je n'aurais pas pu continuer à travailler.

— Merci, Tony, dit Alec.

Et, montrant la grange d'un mouvement de tête :

— Ils sont là-dedans. Henry aussi.

Tony et M. Ramsay se dirient vers la grange. S'apercevant que son fils ne les suit pas, M. Ramsay se retourne :

— Alec, tu ne viens pas ?

— Je crois que je vais rester ici, papa. Henry vous dira tout ce qu'on sait.

Quand son père et Tony se sont éloignés, le jeune homme se promène le long du chemin. Il ne reprend la direction de la grange que lorsque le vétérinaire apparaît sur le seuil, entouré des propriétaires et des entraîneurs. Il les rejoint au moment où le vétérinaire explique :

— Le cheval devant servir à l'expérience arrivera demain. C'est à ce moment que des prises de sang seront faites sur les chevaux de course. Ensuite, je veux dire dès que le cheval servant à l'expérience aura reçu une inoculation du sang recueilli, il n'y aura plus qu'à attendre. Messieurs, vous pouvez faire comme bon vous semblera. Vous pouvez rester. Mais vous pouvez aussi partir. Je peux vous assurer que vos chevaux recevront de notre part tous les soins nécessaires. Si le cheval...

— Le cheval cobaye..., murmure Alec.

Le vétérinaire a l'oreille fine :

— Voilà qui n'est pas mal trouvé ! reprend-il en souriant. Donc, si le cheval cobaye ne présente pas de symptômes de malaria, nous libérerons les chevaux de course dans quarante jours. Si vous décidez de quitter Mountainview, je vous serais reconnaissant de me laisser vos adresses. Il faut que nous puissions immédiatement vous avertir, au cas où... Mais je crois inutile d'insister, n'est-ce pas ?

Le vétérinaire se tourne vers les hommes qui forment son personnel. Henry, comprenant que la réunion est terminée, glisse son bras sous celui d'Alec :

— Si tu veux bien, on va prendre dans les vans notre matériel et le placer dans la stalle vide, entre celle de Satan et celle de Black. Puis on s'occupera du fourrage et de l'abreuvoir. Il faudra nous presser si on veut arriver à l'auberge avant la nuit.

— C'est impossible que nous restions ici ? demande Alec.

— Oui. On ne tient pas, je crois, à ce que nous couchions dans la grange. Et, entre nous, on sera installés plus confortablement à l'auberge. Il ne faut pas oublier que notre séjour va durer de longues semaines !

M. Ramsay veut aider son fils et Henry à décharger leur matériel. Quant à Tony, il se tient depuis quelques instants à l'écart et, dès qu'Alec, M. Ramsay et Henry sont entrés dans l'un des vans, il s'approche du vétérinaire. Il attend que celui-ci en ait terminé avec son personnel et se dirige vers la maison située derrière la grange. Alors, il lui emboîte le pas en appelant :

— Monsieur, un instant s'il vous plaît !

Le vétérinaire s'arrête, se retourne.

— Je suis un vieil ami d'Alec Ramsay et de Henry Dailey, reprend Tony.

— Je n'en doute pas, dit le vétérinaire avec un sourire. Que puis-je faire pour vous ?

— J'ai un cheval. Il s'appelle Napoléon. C'est un grand copain de Black et de Satan.

Tony jette un regard derrière lui et poursuit à mi-voix :

— Il vaudrait sans doute mieux que je vous

accompagne chez vous. Ce que j'ai à vous dire est confidentiel.

Tony ne rouvre la bouche que lorsqu'il est à l'abri sous la véranda de la maison :

— Vous parliez tout à l'heure d'un cheval cobaye. C'est à lui, n'est-ce pas, que vous inoculerez le sang de Black et de Satan ?

— C'est cela. Mais aussi le sang de tous les autres chevaux...

— Et ce cheval cobaye, vous l'avez ?

— Il arrive demain.

— Peut-être que vous pourriez en employer un second... un second à qui vous inoculeriez le sang de Satan et celui de Black ?

Le vétérinaire regarde fixement son interlocuteur :

— Vous voulez parler sans doute de votre cheval ?

— Oui, monsieur. Vous savez, il est en bonne santé. Il n'a jamais été malade de sa vie. Il n'a même jamais eu un rhume.

— Mais j'ai déjà un cheval cobaye. Un seul me suffit.

Tony insiste :

— Deux chevaux cobayes, ça ne serait pas mieux ? Si Napoléon continue à bien se porter, vous serez renseigné sur deux chevaux. Ça ne sera déjà pas mal...

— Oui, ça ne sera pas mal, répète le vétérinaire. Par ailleurs, si votre Napoléon montre des symptômes de malaria, et si l'autre cheval cobaye n'en montre aucun... nous saurons que Black ou Satan est atteint... ou qu'ils sont atteints tous les deux...

— Alors, monsieur, vous êtes décidé à employer Napoléon, n'est-ce pas ? Si c'est le cas, vous avez en ce moment devant vous un homme très heureux !

Le vétérinaire paraît scruter avec une attention extrême les traits du marchand ambulant :

— Et vous, vous êtes sûr d'être bien décidé ? Nous pouvons aisément nous passer de votre cheval. N'oubliez pas que, si nous obtenons la preuve qu'il est atteint, il mourra !

— Je suis certain que mon brave Napoléon est prêt à ce sacrifice. C'est presque le frère de Black et de Satan. Et il le sera complètement lorsque leur sang coulera dans ses veines !

— Eh bien, c'est entendu, conclut le vétérinaire. quand pourrez-vous nous amener votre cheval ?

— Je pars sur-le-champ, répond Tony avec enthousiasme. Je roulerai toute la nuit, et demain matin, très tôt, nous serons ici, Napoléon et moi.

Sans attendre son reste, le marchand ambulant tourne les talons et court vers la grange.

Remarquant le van qui appartient à Henry, il s'assure que le matériel en a été retiré. Puis il relève l'abattant, le verrouille et se hisse dans la cabine. Il met le moteur en marche, démarre. À ce moment, Henry, Alec et M. Ramsay apparaissent sur le seuil de la grange.

Mais Tony ne s'arrête pas pour si peu. Il appuie sur l'accélérateur, et c'est seulement après avoir atteint le chemin qu'il se penche hors de la cabine et adresse un geste d'adieu à ses amis.

— Qu'est-ce qu'il lui prend ? grommelle Henry. Il va où ?

— Sans doute à l'auberge, suggère M. Ramsay. Tout de même, je suis étonné. Il aurait pu nous attendre.

— Moi non plus, je ne comprends pas, dit Alec.

Il jette un coup d'œil vers la maison et aperçoit le vétérinaire qui, debout sous la véranda, semble lui aussi suivre du regard le véhicule qui s'éloigne en direction de la forêt.

— Je me demande..., commence Alec.

— Tu te demandes quoi ? fait Henry.

— Oh ! rien... rien, murmure le jeune homme.

15

Attente

Le lendemain matin, à la première heure, Alec, Henry et M. Ramsay sortent des chambres qu'ils ont louées à l'auberge de Mountainview et se rendent à la salle à manger pour prendre leur petit déjeuner. Déjà, entraîneurs, propriétaires et journalistes ont envahi la pièce. Henry réussit tout de même à trouver trois places libres au bar.

— Je n'arrive pas encore à comprendre pourquoi Tony nous a brûlé la politesse, dit-il en s'asseyant.

— Il voulait peut-être retourner travailler, suggère M. Ramsay.

Il ajoute :

— Pourtant, il m'avait appris que l'un de ses collègues devait le remplacer pendant son absence. J'avais l'impression qu'il resterait ici au moins quelques jours. Il paraissait si inquiet au sujet de Black et de Satan...

Henry insiste :

— Mais pourquoi il est parti dans mon van ? Bien sûr, en ce moment, je n'en ai pas besoin. Malgré ça, il aurait pu me demander la permission. Je n'aime pas ces procédés.

— Moi non plus, je ne les aime pas, fait M. Ramsay. Cependant, je peux vous assurer que Tony n'a pas l'habitude de procéder de cette façon. Ça n'est pas son genre.

M. Ramsay se tourne vers son fils :

— Et toi, qu'est-ce que tu penses du départ précipité de Tony ?

Alec hausse les épaules :

— En général, Tony n'agit pas à la légère. On ne va pas tarder, j'en suis sûr, à savoir pourquoi il est parti.

— Espérons-le ! grogne Henry en attaquant les œufs au jambon que l'on vient de placer devant lui.

Le petit déjeuner terminé, on se lève. Henry s'attarde quelques instants dans la salle à manger pour bavarder avec les entraîneurs. Puis il rejoint Alec et M. Ramsay à l'extérieur de l'auberge.

— Ma parole, dit-il en montant dans la voiture de M. Ramsay, tous ces gens-là ont l'air de vouloir partir. Ils pensent que leur présence ici n'est pas indispensable et que, si le pire se produit, ils en seront toujours avertis assez tôt. À mon avis, ils ont raison, d'autant plus que le vétérinaire et son personnel s'occupent déjà des chevaux.

— Eh bien, moi, décide Alec tandis que M. Ramsay démarre, je reste ici.

— Moi aussi, annonce Henry. Pour nous, ce n'est pas la même chose que pour les autres. Le vétérinaire et son personnel n'auront aucun mal avec Satan. Mais avec Black ! Il n'accepte d'être soigné que par nous.

M. Ramsay s'engage sur le chemin conduisant à la grange. En franchissant le pont qui enjambe la rivière, il dit :

— Il y a encore une raison, Henry, pour qu'on reste ici. Les autres ne seront pas ruinés s'il arrive quelque chose aux chevaux qu'ils ont dû confier au vétérinaire. Ils possèdent pour la plupart trois, quatre, cinq chevaux. Nous, on ne possède que Satan et Black. On a mis tous nos espoirs en eux. Si on les perd, on perd tout.

Henry regarde Alec, lequel reste les yeux fixés sur la route. Puis il se retourne vers M. Ramsay :

— Je suis d'accord avec vous. Mais, croyez-moi, il n'arrivera rien à nos chevaux ni à ceux des autres. Je suis prêt à parier presque n'importe quoi qu'aucune des bêtes installées dans la grange n'est atteinte de la malaria. Si elles avaient été contaminées par El Dorado, il y a belle lurette qu'on le saurait !

La voiture roule maintenant entre les sombres murailles de la forêt. Puis, deux kilomètres plus loin, après un tournant à gauche, elle commence de gravir la pente qui donne accès à la grange.

Devant le vaste bâtiment blanc, il n'y a qu'un seul van. Une bonne minute, les trois voyageurs l'examinent avec des expressions incrédules. Puis Alec hurle :

— Henry, c'est le nôtre !

— Oui, je le reconnais, répond Henry. Je ne comprends toujours pas pourquoi Tony...

— Regardez... là-bas, dans la prairie ! hurle de nouveau Alec.

M. Ramsay et Henry suivent la direction de son bras et découvrent – si reconnaissable à sa silhouette grise au dos creusé – le vieux Napoléon qui broute tranquillement.

— Pourquoi Tony l'a amené ici ? s'exclame M. Ramsay. Je ne comprends pas...

Il répète en arrêtant sa voiture devant la grange :

— Décidément, je ne comprends pas.

— Moi, je commence à comprendre, murmure Henry.

— Et moi, fait Alec en descendant de la voiture, je me doutais de ce que Tony avait derrière la tête...

Napoléon a sûrement reconnu ses amis, car il les salue d'un hennissement, puis il se remet à brouter.

— Qu'est-ce que vous voulez dire ? insiste M. Ramsay en regardant tour à tour son fils et Henry.

— Eh bien, on pense, Alec et moi, répond l'entraîneur, que Tony a voulu lui-même choisir le cheval cobaye.

Il ajoute en se dirigeant vers la grange et tandis que M. Ramsay et Alec lui emboîtent le pas :

— On ne va pas tarder à le savoir.

Dans la grange, ils voient le vétérinaire et ses aides, vêtus de blouses blanches, qui sortent de la stalle de Satan. Tony les accompagne.

Henry et Alec pressent le pas. Dès qu'ils ont rejoint le vétérinaire, celui-ci leur annonce :

— Je suis heureux que vous soyez revenu. Selon Tony, votre présence est indispensable pour celui-ci.

Il montre Black.

— Il est le seul, explique-t-il, à ne pas avoir encore subi la prise de sang.

Henry et Alec regardent Tony qui reste timidement à l'écart.

— Je vais me placer à la tête de Black, dit Alec. Mais ça ne sera quand même pas facile de bouger autour de lui.

— Oh ! nous n'en avons pas pour longtemps, fait observer le vétérinaire.

Henry suggère à Alec en lui tendant un licol :

— Mets-lui ça. Tu m'en passeras l'extrémité à travers le grillage. Je me tiendrai dans la stalle voisine.

Avant d'entrer dans la stalle de Black, Alec se munit d'une boîte contenant de l'avoine et quelques carottes. Puis il ouvre la porte, va vider la boîte dans la mangeoire. Immédiatement, l'étalon noir s'approche de lui, Alec fixe le licol à la bride et, à travers le grillage, en passe l'extrémité à Henry. Puis il se plante à la tête de Black, tandis que celui-ci commence à manger, et il se met à lui parler en le caressant. Cependant, Black arrête de manger dès que le vétérinaire et ses adjoints entrent dans la stalle. Il essaie de reculer et doit y renoncer, car, de l'autre côté du grillage, Henry, serrant le licol dans ses mains, le tient bon. Alors l'étalon noir se déplace latéralement, jette une ruade violente. Mais, déjà, le vétérinaire et ses adjoints se sont glissés le long de son flanc et se regroupent près de son encolure, de sorte que les sabots n'atteignent que la paroi de la stalle. Au bout d'un moment, Black paraît se calmer. Il se met à manger un peu d'avoine qu'Alec lui tend au creux de sa main. Toutefois, il tourne fréquemment la tête vers ces inconnus qui ont osé franchir la porte de sa retraite !

Avec patience, le vétérinaire attend que Black, après avoir absorbé jusqu'au dernier grain l'avoine placée au creux de la main d'Alec, ait replongé ses naseaux dans la mangeoire. Néanmoins, dès que des doigts palpent son garrot, l'étalon noir relève la tête, se déplace de nouveau de biais et essaie de plaquer le vétérinaire et ses aides contre la paroi de la stalle. Mais il ne peut arriver à ses fins et il se rejette de l'autre côté lorsqu'il sent s'enfoncer dans sa croupe l'extrémité d'un bâton pointu dont l'un des hommes en blouse blanche s'est muni à tout hasard...

— Oh ! nous avons un bon moyen de le rendre plus sage ! dit le vétérinaire en adressant un signe à l'un de ses aides.

Celui-ci sort de la stalle et revient une minute plus tard, portant une longue barre de bois. Il l'assujettit de telle manière qu'elle va de la porte à la paroi du fond, rétrécissant de moitié au moins l'espace dont dispose Black et l'empêchant au moins de se déplacer latéralement.

Comme prévu, il essaie de la repousser, de la briser. Alec continue à lui parler, à lui offrir des carottes, des poignées d'avoine.

— On ne te fera pas de mal, dit-il. Ça ne durera que quelques secondes. Mais c'est indispensable...

Le vétérinaire et ses aides se tiennent à l'extérieur de la barre. Alec aperçoit l'aiguille dans la main du premier et comprend que le moment est venu... L'étalon noir essaie de nouveau de briser la barre, en pesant sur elle de tout le poids de son corps gigantesque, et sans plus de succès que la première fois. Il essaie aussi de rejeter la tête en arrière. Mais, de l'autre côté du grillage, Henry se cramponne toujours au licol.

Soudain, Black rejette la tête en arrière pour la deuxième fois, mais avec tant de brutalité, tant de puissance que le licol manque de se rompre. Il réagit ainsi à la pénétration de l'aiguille dans sa chair. Alec le saisit par sa bride, s'efforce de l'immobiliser. Allons, cinq ou six secondes encore, et ça sera fini...

Un moment plus tard, le vétérinaire se redresse, tenant dans sa main la fiole contenant le sang de Black. Il quitte la stalle. Ses aides le suivent peu après, emportant la barre.

Alec dénoue le licol. Dès qu'il est libéré, Black se rue sur la porte et accompagne du regard les hommes en blouse blanche, jusqu'à ce qu'ils soient sortis de la grange. Alors, il revient vers la mangeoire. Alec reste près de lui, attendant qu'il achève son repas.

En même temps, il écoute la conversation que M. Ramsay et Henry ont avec Tony, à une dizaine de pas de la stalle.

— Le vétérinaire, explique Tony, a approuvé mon idée d'employer Napoléon comme cheval cobaye pour Satan et Black. Alors, je suis allé le chercher. Vous me comprenez, Henry, n'est-ce pas ?

— Oui, je crois que je vous comprends, répond Henry. En somme, ils vont mélanger les sangs de tous les autres chevaux et ils l'injecteront au cheval cobaye.

— Mais, Henry, c'est déjà fait ! s'exclame Tony. L'opération a eu lieu avant votre arrivée sur un cheval cobaye qui est dans une prairie située derrière la grange. Le vétérinaire n'a pas voulu qu'il soit en contact avec Napoléon. Il m'a dit : « Je ne veux pas prendre le moindre risque. »

Le marchand ambulant pose ses mains sur les bras de M. Ramsay et de Henry, et ajoute :

— Maintenant, on va injecter à Napoléon le sang de Satan et de Black. Il deviendra ainsi leur frère, leur vrai frère. Ah ! pour lui, c'est un grand, un très grand moment !

Alec quitte Black, suit un instant son père, Henry et Tony qui s'éloignent vers la sortie de la grange, mais il s'arrête devant la stalle de Satan et, comme le poulain tend vers lui sa longue tête d'ébène, il le caresse. Cependant, il n'arrive pas à détacher son regard de la silhouette du marchand ambulant et, la main sur les naseaux de Satan, il murmure :

— On n'oubliera pas ce que vous avez fait là, Tony... J'espère seulement que tout se terminera bien... pour vous, pour Napoléon, pour Satan et pour Black... pour nous tous en somme...

*

* *

À partir du moment où le sang de Black et de Satan coule dans les veines de Napoléon, Alec a l'impression de glisser au sein d'un monde gris, étroit, désolé. Il passe ses journées presque seul, adressant rarement la parole à son père et à Henry, et surtout occupé à guetter les redoutables symptômes de la malaria.

Au bout d'une semaine, comme rien ne change dans l'état des chevaux, Henry dit au jeune homme :

— Tu vois, Alec, c'est exactement ce que j'avais prévu. S'ils avaient été contaminés par El Dorado, il y a longtemps qu'on le saurait. Il ne nous reste plus qu'à observer les chevaux cobayes.

S'ils sont indemnes, ça prouvera que nos chevaux le sont aussi.

Mais Alec ne partage pas l'optimisme de l'entraîneur. Il ne veut pas se nourrir de faux espoirs. « Les chevaux de course peuvent très bien être porteurs du virus et le transmettre à Napoléon ou à l'autre cheval cobaye, raisonne-t-il. Il est trop tôt pour avoir la moindre certitude. Selon le vétérinaire, la période d'incubation va de sept à vingt-huit jours. Et ça nécessite, pour écarter tout risque d'erreur, une période d'observation de quarante jours après l'inoculation. Quarante jours ! Et il y a seulement un peu plus d'une semaine que le sang des étalons coule dans les veines des chevaux cobayes ! ... Non, il est trop tôt, bien trop tôt, pour que je me permette de partager l'optimisme de qui que ce soit, même celui de Henry... »

Ainsi, Alec s'obstine à rester dans un univers gris, et si lourd d'inquiétudes ! Chaque journée lui semble aussi longue qu'une existence humaine.

M. Ramsay est resté près de son fils et de Henry. Seul Tony regagne de temps à autre Flushing, pour de brefs séjours. Il veut être sûr que ses clients continuent à être servis normalement.

— L'ami qui m'a remplacé est plein de bonne volonté, explique-t-il. Mais il n'est pas mauvais que j'aille parfois lui donner un coup de main et voir comment les choses se passent.

Il ajoute :

— Pour Napoléon, je ne suis pas inquiet. Il ne l'aura pas, la malaria ! D'ailleurs, il est heureux ici. Il a de l'herbe en abondance. Et, après avoir travaillé toute sa vie, il a bien le droit de prendre un peu de repos, n'est-ce pas ? Enfin, il devient célèbre. Tout le monde veut le connaître. Et ça n'est que justice !

En effet, la photo de Napoléon apparaît presque chaque jour dans les quotidiens, car les deux chevaux cobayes s'élèvent petit à petit au rang de célébrités internationales. Dans beaucoup de pays, on sait que, de leur état de santé, dépend le sort de Vengeur, de Cavaliere, de Phar Fly, de Sea King, de Satan et de Black. Chaque matin et chaque soir, la même information est transmise par message, par téléphone, par radio : « Quatorzième jour, les deux chevaux cobayes... rien de nouveau... Quinzième jour... rien de nouveau... Dix-huitième jour... rien de nouveau... »

Au début de la quatrième semaine, Henry montre un optimisme croissant :

— Allons, Alec, fais-moi un sourire ! Tout va de mieux en mieux. Le vétérinaire assure que nos chances augmentent avec chaque jour qui passe. Si Napoléon et l'autre cheval cobaye étaient contaminés, ça se verrait. Mais ils se portent à merveille. Napoléon semble même avoir rajeuni. D'ailleurs, regarde-le !

De fait, le vieux cheval gris galope comme un poulain et se roule dans l'herbe.

— C'est vrai, dit Alec après l'avoir observé quelques instants. Mais je voudrais être sûr, absolument sûr. Et je ne le serai que lorsque le vétérinaire nous aura remis des certificats attestant que Black et Satan sont en parfaite santé.

À la fin de septembre, les arbres commencent à se couvrir de leur feuillage automnal. Cependant, l'atmosphère reste chaude pour la saison, et rien n'indique que la pluie interrompra bientôt la sécheresse qui se prolonge depuis deux mois. Le bruit court que de petits incendies de forêt ont éclaté çà et là. Et ça contribue à accroître l'inquiétude d'Alec chaque fois qu'il se rend de l'auberge à la grange.

Napoléon demeure au pâturage, bien que l'herbe soit en majeure partie brûlée par le soleil, et il se nourrit surtout du foin qu'on lui apporte. Alec passe plusieurs heures chaque jour près de lui. Il ne cesse de l'observer. Mais Napoléon ne montre aucun symptôme de malaria. Il reste actif, bien vivant. Il va et vient à la recherche de quelques brins d'herbe encore verts. Alec le suit pas à pas. Un jour, il arrive ainsi devant une porte percée dans la barrière et faite de barres de bois. Un instant, il contemple le sentier qui, au-delà, s'enfonce au cœur de la forêt. Il se demande : « Où est-ce qu'il va ? Peut-être rejoint-il la route de la vallée. Peut-être est-il sans issue. » Puis, comme il s'agit d'un détail qui lui paraît peu important, il se remet à suivre Napoléon dans sa promenade.

À l'approche d'octobre, Henry devient plus optimiste :

— Encore deux semaines et demie, Alec, et on prendra le chemin de notre ranch. On y passera l'hiver. Black et Satan auront des pâturages séparés. Ça leur fera le plus grand bien de rester à l'extérieur pendant la mauvaise saison... si elle n'est pas trop mauvaise.

— Et, à peu de distance du ranch, intervient M. Ramsay, il y a une université. Je me suis renseigné, Alec. Tu pourras t'y inscrire, même avec un peu de retard.

Alec commence avec une lueur d'enthousiasme dans le regard :

— C'est tellement agréable de...

Mais la lueur s'éteint déjà au fond de ses yeux :

— Non, il est trop tôt pour faire des projets. N'oublions pas que nous avons encore dix-sept jours à attendre !

Pendant la semaine suivante, les nuits deviennent froides. Cependant, les journées restent chaudes, et il y a toujours aussi peu d'espoir de voir la pluie tomber. Les arbres se dépouillent de leurs feuilles et, si certains d'entre eux n'avaient pas possédé un feuillage persistant, les collines auraient été rapidement dénudées.

— Je voudrais qu'il pleuve, dit Alec à Henry. Je n'aime pas ces bruits qui courent au sujet de quelques incendies de forêt. Si un accident de ce genre se produisait ici, la grange serait comme un piège... une sorte de nasse... pour nos chevaux.

— Voilà que tu recommences à te tourmenter ! proteste Henry. Mais tu as tort. Les gardes forestiers connaissent leur métier.

Bientôt, l'expérience touchant presque à son terme, les propriétaires et les entraîneurs reparaissent. Ils s'installent de nouveau à l'auberge de Mountainview et font de fréquentes visites à la grange. Ils ont retrouvé leur bonne humeur, se déclarent persuadés que leurs pur-sang sont indemnes, parlent déjà avec de gros rires des courses qui doivent avoir lieu au début de l'année suivante. Henry se joint à leurs discussions. Mais Alec reste à l'écart, comptant les jours et même les heures qui le séparent encore du terme de l'expérience.

Il vient enfin, ce dernier jour ! Dans l'après-midi de ce jour-là, le vétérinaire réunit les propriétaires, les entraîneurs et les journalistes sous la véranda de sa maison. Il tient à la main les certificats de bonne santé des chevaux.

Puis il fait un petit discours. Il commence en remerciant ses auditeurs de leur collaboration et de leur patience. Mais Alec ne l'écoute pas. Il souffle à l'oreille de Henry :

— Ça y est ! Voilà le moment que j'ai tant attendu. Satan et Black...

— Chut ! fait Henry.

Cependant, Alec ne peut plus maîtriser son enthousiasme et son bonheur :

— Ils sont bien portants, Henry ! Oui, tous les deux ! On peut les emmener à notre ranch. Et, dans quelques jours, on organisera notre élevage. Qu'est-ce que vous en pensez, Henry ? C'est une bonne idée ?

Henry se penche vers le jeune homme et murmure :

— Oui, Alec, une très bonne idée.

À ce moment, le vétérinaire appelle :

— Monsieur Dailey !

Henry s'avance, et le vétérinaire lui remet les certificats de Black et de Satan.

Peu après, les assistants se dispersent. Le vétérinaire leur a conseillé d'emmener leurs chevaux le lendemain matin, si c'est possible.

Ils se dirigent tous vers la grange où les photographes de presse prennent déjà des clichés. Tony se tient avec Napoléon dans la stalle qui fait face à celle de Black. Alec court à lui en agitant en l'air les certificats.

— Maintenant, s'exclame Tony avec un large sourire, Napoléon est le frère de Black et de Satan. Et il le sait, j'en suis certain. Malheureusement, il faut qu'il retourne travailler. Je ne crois pas que ça lui fasse plaisir...

— Tony, fait Alec, je voudrais vous demander quelque chose.

— Quoi donc, Alec ?

— Vous avez dit un jour que Napoléon avait travaillé dur toute sa vie, n'est-ce pas ?

— Oui, je l'ai dit. Quand je l'ai eu, il avait trois ans. Il en a aujourd'hui dix-sept... Ça fait...

Le marchand ambulant compte sur ses doigts :

— Ça fait quatorze ans qu'il travaille.

— Vous n'aimeriez pas qu'il prenne sa retraite ?

Tony regarde le jeune garçon. De petits points brillants s'allument dans ses yeux noirs.

— Sa retraite, Alec ?

— Bien sûr. On serait très heureux de l'avoir à notre ranch. Mais il resterait à vous. Il vivrait tranquillement jusqu'à la fin de ses jours. Il nous rendrait aussi des services, du fait qu'il s'entend à la perfection avec Black et Satan. Qu'est-ce que vous pensez de ma proposition, Tony ?

— Il me manquera, c'est sûr. Mais, quand on aime un cheval, c'est de lui qu'il faut d'abord se préoccuper. Voilà pourquoi, Alec, j'accepte votre proposition... pour qu'il soit heureux, comme vous dites, jusqu'à la fin de ses jours.

— Il faut, Tony, que vous me promettiez de venir chaque semaine, chaque week-end, avec mon père et ma mère. C'est promis ?

— Promis, Alec. Chaque week-end, je viendrai voir mon vieux Napoléon. Et maintenant, on part quand ?

— Demain matin. On se mettra en route très tôt pour être au ranch avant la nuit. Et l'épreuve qu'on vient tous de subir...

— Sera oubliée, Alec ?

— Oui, oubliée, répond le jeune homme en caressant les naseaux de Napoléon, tandis que, derrière lui, Black, pour attirer son attention, multiplie les hennissements.

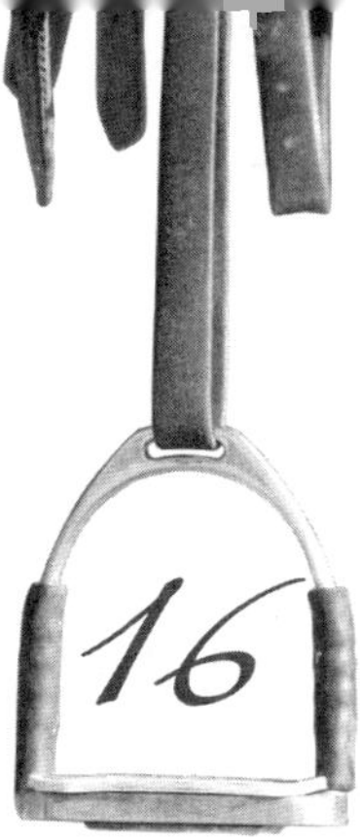

16 Pris au piège !

Le même soir, on se réunit dans la salle à manger de l'auberge. Maintenant que la hantise de la malaria s'est dissipée, chaque propriétaire ou chaque entraîneur ne parle plus que de la rapidité de son cheval, qu'il s'agisse de Sea King, de Kashmir, de Vengeur, de Phar Fly, de Cavaliere ou de Satan. Pendant des heures, on discute de la Coupe internationale et de ce qui se serait produit... si elle avait été courue. On envisage la possibilité pour les chevaux de se retrouver en Floride durant l'hiver et le printemps, ou encore l'année suivante à Saratoga si les organisateurs de la Coupe internationale ne sont pas découragés par une première expérience désastreuse.

Alec entend Henry déclarer :

— Mais peut-être qu'ils ne se retrouveront jamais. Les choses vont vite dans notre métier. Qui peut dire ce qui se produira dans un an ? Je ne suis pas de ceux qui établissent leur emploi du temps des mois et des mois à l'avance.

— Et Black, Henry ? demande l'un des entraîneurs. Vous devez bien avoir des projets pour lui. Entre nous, si vous voulez le faire courir, il aura besoin avant d'un sérieux dressage.

— Alec a décidé que Black ne courrait plus, répond Henry. C'est Satan qui le remplacera définitivement sur les hippodromes.

Alec se tient à l'écart. Jim Neville s'approche de lui.

— Tous envisagent l'avenir. Ils rêvent d'une grande course. Mais, toi, Alec, tu restes silencieux. Une grande course, ça ne t'intéresse donc pas ?

— Vous faites allusion à une course dans le genre de la Coupe internationale, ou à la Coupe internationale elle-même ?

Jim incline affirmativement la tête. Alec a un haussement d'épaules.

— Aujourd'hui, je me moque de la Coupe internationale. Peu m'importe qui aurait pu la gagner. Et à vrai dire, cette course, je n'y ai pas pensé depuis si longtemps.

— Depuis quarante jours ?

— Oui.

— Voyons, Alec, maintenant que le danger de l'épidémie est écarté, n'est-ce pas humain de jeter un regard en arrière et de se demander ce qui se serait produit si la Coupe internationale avait été courue ?

— De toute façon, je n'y aurais pas participé.

— Tu avais vraiment l'intention d'annuler l'engagement de Black ?

— Oui, Jim. Vous avez vu ce qui a failli arriver à Kashmir ? Maintenir Black dans cette course aurait été une grave erreur pour lui-même et pour les autres. Il n'est pas fait pour galoper sur une piste avec d'autres étalons.

Jim Neville suggère :

— Ça peut toujours s'arranger.

— Non, Jim, réplique Alec avec un rien d'irritation. D'ailleurs, vous connaissez mon opinion à ce sujet.

— Je la connais, fait Jim Neville d'un ton conciliant. Mais tu aurais pu en changer.

— Non, moins que jamais.

À ce moment, Henry s'approche. Jim Neville se tourne vers lui :

— À Saratoga, Henry, vous m'avez dit que Satan n'aurait aucune difficulté à gagner la Coupe internationale. C'était avant ou après avoir décidé, Alec et vous, d'annuler l'engagement de Black ?

Henry jette un coup d'œil à Alec et constate que le jeune homme le regarde fixement.

— Quelle importance ça peut avoir, Jim ? demande-t-il. Black et Satan représentent l'un et l'autre notre écurie. Ils en sont, vous le savez, les seuls représentants.

— C'est en effet sans importance, fait Jim Neville. Je voulais seulement m'assurer... Mais vous m'avez bien dit, n'est-ce pas, que Satan était le plus...

— Oui, je vous ai dit ça, interrompt Henry. C'était avant qu'on décide d'annuler l'engagement de Black. Cependant, je formulais alors, en ce qui concerne Satan, une opinion toute personnelle...

Il ajoute avec un nouveau coup d'œil à Alec :

— Ça n'est certainement pas celle d'Alec.

À leur tour, M. Ramsay et Tony s'approchent. Henry manœuvre assez habilement pour changer de conversation.

Plus tard, Alec et Henry se retrouvent seuls sur le perron de l'auberge. La nuit est claire. Une brise assez forte leur rafraîchit le visage. Ils s'assoient sur une marche.

— On mettra Napoléon et Black dans votre van, n'est-ce pas ? demande Alec.

— Oui, répond l'entraîneur. Par ailleurs, j'ai engagé un chauffeur et loué un second van. C'est dans celui-là que prendra place Satan. Quant à Tony, je suppose qu'il voyagera avec ton père.

— Et il est toujours question de partir très tôt ?

— Le plus tôt possible. Je crois qu'il sera prudent de faire sortir Black le premier de la grange. Ça fera moins de... remue-ménage.

— Pour mon compte, Henry, je suis content de m'éloigner d'ici.

Henry esquisse un sourire.

— Moi, Alec, je regretterai presque les conversations que j'ai eues avec les autres entraîneurs et les propriétaires. Plus on avance en âge, plus on se plaît à bavarder, à comparer les chevaux, à se remémorer leurs succès ou leurs échecs. Nous autres entraîneurs ou propriétaires, on ne met jamais dans nos jugements la moindre méchanceté. Et si les journalistes, dont certains, comme Jim Neville, sont pour nous de vrais amis, se mêlent à nos conversations, c'est uniquement par curiosité professionnelle. Tu comprends, Alec, il leur faut des détails et des masses de renseignements pour leurs journaux.

— Oui, je comprends, Mais il y a encore si peu de temps que...

Henry reprend vivement la parole :

— Tu as pris tout ça beaucoup trop à cœur, Alec. Souviens-toi : il y a deux semaines, je t'ai conseillé de ne plus te laisser ronger par l'inquiétude.

— Oui, Henry, je me souviens. J'aurais bien voulu suivre votre conseil. Mais je n'ai pas pu.

Depuis longtemps, l'auberge est silencieuse et ses lumières éteintes, lorsqu'une voiture apparaît au tournant de la rue et s'arrête devant le perron. Un homme en descend, portant une petite valise. Sur la marche où ils sont assis, Henry et Alec se déplacent pour lui céder le passage.

— Bonsoir, répond l'homme.

Il s'immobilise, montre du doigt la direction du nord :

— Il y a un incendie de forêt là-bas. Je suis passé à proximité au début de l'après-midi.

En effet, vers le nord, Henry et Alec découvrent une lueur rouge à l'horizon.

— À quelle distance ? demande Henry d'un ton inquiet.

— Environ cent cinquante kilomètres. Cet incendie-là n'est pas dangereux pour nous. D'ailleurs, il était déjà presque maîtrisé.

— Vous dites « cet incendie-là », insiste Henry. Il y en a d'autres ?

— Je n'ai jamais dit qu'il y en avait d'autres ! proteste l'homme. Mais, voyez-vous, on ne peut jamais être sûr avec cette sécheresse. Les gardes forestiers ne manquent pas d'ouvrage.

Heureusement, ils ont un matériel ultra-moderne et, dès qu'un incendie éclate, ils ne lui laissent pas le temps de s'étendre... Maintenant, bonne nuit, messieurs.

Quand l'homme est entré dans l'auberge, Henry murmure d'un ton sarcastique :

— C'est ce qu'on appelle un petit rigolo...

— Moi, Henry, dit Alec, je ne trouve pas drôle cette idée d'un incendie si près de nous.

— Si près de nous ? répète Henry. Tout de même, cent cinquante kilomètres, c'est une distance !

Alec renifle.

— Il s'est peut-être rapproché. J'ai l'impression de sentir une odeur de fumée.

— Moi, je ne sens rien, déclare Henry en reniflant à son tour. Tu es victime de ton imagination, Alec. De plus, on vient de nous assurer que cet incendie était maîtrisé.

— Sans doute. Mais, il arrive que des particules de braise enflammée soient entraînées par le vent...

Henry soupire :

— Je vois bien que tu ne me laisseras en paix que lorsqu'on sera loin d'ici, nous et les chevaux. Allons, Alec, viens te coucher.

*
* *

Lorsqu'il s'aperçoit qu'il est parfaitement réveillé, Alec est incapable de dire pendant combien de temps il a dormi. Il prend la pendule posée sur la table de chevet qui sépare son lit de celui de Henry, et il déchiffre, sur le cadran lumineux : cinq heures. Il pense : « Dans une demi-heure, la sonnerie retentira. À ce moment, j'aurai encore assez de temps pour absorber mon petit déjeuner et me rendre à la grange avant l'aube. Et on sera partis quand les autres quitteront l'auberge... »

Il s'allonge de nouveau et essaie de se rendormir, car il ne veut pas réveiller Henry. Il vient de refermer les yeux, lorsqu'il a l'impression que ses narines captent une odeur de fumée. Se souvenant tout à coup de l'incendie dont on lui a parlé quelques heures plus tôt, il s'assoit, renifle à plusieurs reprises. Oui, c'est bien de la fumée ! Henry ne pourra pas lui répéter qu'il est victime de son imagination !

Il bondit de son lit et hurle en secouant son ami :

— Henry ! Henry !

L'entraîneur se réveille en sursaut, se redresse :

— Quoi ? Qu'est-ce qu'il y a, Alec ?

— Je sens de la fumée ! Oui, de la fumée ! Partons vite !

Henry renifle à son tour, puis rejette ses couvertures. Alec lui lance ses vêtements, tout en commençant lui-même à s'habiller.

— J'ai regardé par la fenêtre, explique-t-il. Mais on ne voit rien. D'ailleurs, je crois que notre chambre est orientée à l'est.

— Cette fumée, suggère Henry en enfilant son pantalon, c'est peut-être celle dont parlait le voyageur, sur le perron. L'incendie est éteint, mais le vent nous apporte sa fumée.

Dès qu'ils sont dans le couloir, la porte voisine de la leur s'ouvre. M. Ramsay et Tony, achevant de s'habiller, apparaissent sur le seuil.

— Tes cris, Alec, nous ont réveillés, dit M. Ramsay. Tu crois que cette fumée vient d'où ?

— C'est ce qu'on voudrait savoir, répond Henry en dégringolant l'escalier. Pendant ce temps-là, réveillez donc le patron de l'auberge.

Comme Alec s'élance dans l'escalier à la suite de Henry, une autre porte s'ouvre, celle de Jim Neville. Le journaliste appelle :

— Alec, qu'est-ce qu'il se passe ?

Mais le jeune homme a atteint la porte de l'auberge. À l'extérieur, l'odeur de bois brûlé prend presque à la gorge. Une tache rouge sombre, à l'ouest, teint le ciel nocturne.

— C'est la grange, Henry ! hurle de nouveau Alec.

— Ce n'est pas la grange elle-même, répondit Henry. C'est derrière elle. Vite, Alec, va chercher les clefs de la voiture de ton père !

Le jeune homme se rue déjà vers le perron, lorsque Jim Neville surgit sur le seuil de la porte.

— On va prendre ma voiture, décide-t-il.

Ils s'entassent tous les trois dans la voiture du journaliste. Celui-ci se met en marche, traverse rapidement le village, tourne à gauche et fonce sur la route.

Quelques minutes plus tard, en franchissant le pont, il explique, les sourcils froncés :

— Le vent vient de l'ouest. Il pousse l'incendie vers nous. Mais les gardes forestiers l'éteindront sûrement lorsqu'il atteindra la vallée.

Cependant, Alec ne trouve pas, dans les paroles de Jim Neville, le moindre réconfort. Il voit devant lui le ciel illuminé, et il sait que la grange se trouve juste sur le passage des flammes poussées par le vent.

— Plus vite, Jim, plus vite ! Il faut qu'on soit là-bas avant le feu !

— Je ne peux pas faire mieux, Alec, répond Jim Neville. Regardez, j'ai le pied au plancher.

Ils quittent la route et prennent le chemin boueux sans ralentir. Maintenant, ils distinguent les énormes volutes de fumée qui forment comme l'avant-garde des flammes. Autour d'eux se dressent les hautes murailles de la forêt. Et l'atmosphère est de plus en plus chaude à mesure qu'ils progressent vers le cœur de l'incendie.

— Je suis sûr que la grange est encore intacte ! fait Henry. Vite, Jim, vite ! Nous allons réussir !

La voiture se balance, cahote dans les ornières. Finalement, lorsqu'elle aborde le dernier tournant, Henry, Jim et Alec entendent pour la première fois le ronflement des flammes.

Quand ils arrivent devant la grange, ils voient, derrière le bâtiment blanc, un spectacle inoubliable. Les flammes, avec un sinistre sifflement, attaquent les arbres de la forêt, les dévorent l'un après l'autre jusqu'à la cime.

Mais les trois voyageurs reportent leurs regards sur la grange. La porte en est ouverte. Les chevaux commencent à sortir !

— Le vétérinaire et ses aides doivent être à l'intérieur, dit Henry.

Phar Fly sort le premier. Affolé, il part au galop vers l'ouverture de la barrière qui donne accès à la prairie. Il est suivi, de seconde en seconde, par Vengeur, Cavaliere, Sea King et Kashmir.

— Mais c'est impossible ! gémit Alec tandis que Jim arrête sa voiture. On ne peut pas les libérer de cette façon ! Ils vont aller se jeter là-bas, droit dans l'incendie !

Il saute de la voiture, court vers la grange, arrive à la porte juste à l'instant où Satan en franchit le seuil, les naseaux dilatés. Alec l'appelle. Mais le puissant poulain noir part lui aussi au galop vers la prairie.

Alec se retourne vers la grange et se trouve presque nez à nez avec Napoléon. Il veut saisir le vieux cheval gris par la bride. Celui-ci, pris de panique, fait un écart et bondit à son tour dans le piège – cette prairie cernée par la forêt !

À l'intérieur de la grange, Alec voit venir dans sa direction un pesant cheval bai, le deuxième cheval cobaye. Il le prend par la bride, attend que Henry le rejoigne et lui dit :

— Conduisez-le jusqu'à la route !

Puis il s'enfonce dans la fumée. Elle est encore plus dense qu'à l'extérieur et le ronflement des flammes plus perceptible. Il réussit néanmoins à apercevoir, près de la stalle de Black, le vétérinaire et ses aides. Brusquement, la porte s'ouvre. Black jaillit de sa stalle et s'avance, en hennissant de terreur, vers la sortie du bâtiment.

Alec se dresse sur la pointe des pieds et parvient à saisir au passage la bride de l'étalon noir. Il s'y cramponne, s'y suspend. Peine perdue ! Bien loin de s'arrêter, Black force sans cesse l'allure, de telle sorte qu'Alec est bientôt traîné sur le sol.

À ce moment, l'incendie commence de dévorer la grange.

17 Au cœur des flammes !

La porte franchie, Black s'arrête, et Alec entend Henry lui crier :

— Lâche-le ! Je le tiens. Va vite à la voiture, vite !

Mais Alec, toujours cramponné à la bride, essaie de se redresser. Il voit passer près de lui le vétérinaire et ses aides, et, tournant la tête, il constate que le toit de la grange est la proie des flammes. Derrière le bâtiment et aussi loin que son regard peut porter, il découvre un tableau où se mêlent et tourbillonnent le blanc, le rouge et l'or. Aveuglé, il doit baisser les yeux.

Des hectares et des hectares de forêt craquent dans les mâchoires de l'incendie. Le vent pousse devant lui des millions de flammèches dont

Alec ne tarde pas à sentir les morsures sur son visage, tandis qu'il se dépêche de conduire Black à l'endroit où Jim Neville a arrêté sa voiture. Une autre voiture s'éloigne sur la route. C'est celle du vétérinaire et de ses aides, lesquels hurlent à pleine gorge :

— Ne perdez plus une seconde ! Vite ! Vite !

Tout à coup, Black se cabre à demi et pousse un hennissement qui exprime la haine et la menace. Alec se tourne vers la prairie et voit les chevaux qui reviennent en un groupe compact en direction de la barrière. Un instant, il pense : « Ils vont sortir de la prairie et rejoindre la route ! » Mais déjà les chevaux font demi-tour, épouvantés par le spectacle de la grange en flammes. Alec appelle :

— Satan ! Satan !

Cependant, le poulain noir ne paraît même pas l'entendre et continue de fuir avec les autres chevaux.

De nouveau, Black hennit. Cette fois, il obtient une réponse. En effet, Alec découvre Napoléon qui revient sans hâte de la partie la plus lointaine de la prairie. Puis le vieux cheval gris s'arrête, comme indécis sur ce qu'il doit faire. Black secoue la tête, pousse un troisième hennissement.

Henry aide Alec à le tenir et tente de l'entraîner vers la route.

— Vite, Alec ! répète-t-il sans arrêt. Dans quelques minutes, le feu atteindra la route. Alors, on sera bloqués !

Alec fait marcher Black d'un pas plus rapide. Mais il n'arrive pas à détourner son regard de Napoléon. Brusquement, Satan reparaît, toujours galopant... et seul ! Il ne va pas en ligne droite. Il oblique sans cesse d'un côté, de l'autre. De toute évidence, il cherche une issue...

— Satan ! Satan ! se remet à crier Alec.

En même temps, il pense : « Il faut absolument qu'il trouve l'ouverture. Alors, c'est sûr, Napoléon le suivra ! Ils ont encore le temps de se sauver avant que le feu atteigne la route. »

Mais Satan pivote sur lui-même dès qu'il sent la caresse brûlante de l'incendie. Il galope vers Napoléon, et le cheval gris s'éloigne de lui.

Alec est désespéré :

— Non ! Non ! Non !

Maintenant, Henry essaie de les entraîner, lui et Black, au-delà de la voiture de Jim Neville.

— Viens, mais viens donc ! dit-il à Alec. Dès que Black entendra derrière lui le moteur, il fuira. Et c'est ce qu'il faut ! Nous ne pouvons plus rien pour les autres.

Cependant, Alec reste les yeux fixés sur la forêt en flammes, sur le feu qui commence à entamer la prairie. La grange s'est effondrée. Autour d'elle, l'herbe sèche flambe. Dans quelques secondes, les chevaux seront bloqués, encerclés dans cet espace étroit, au centre d'un anneau flamboyant qui se rétrécira d'instant en instant. Ne peut-on vraiment rien faire pour eux... pour Satan, pour Napoléon ? Doivent-ils tous périr dans des conditions horribles ? Oui, tous... sauf Black.

À ce moment, Black pousse un hennissement déchirant. À travers la fumée, Alec voit Napoléon qui se tient immobile à bonne distance, le long d'une courbe de la barrière. Il semble résolu à ne plus bouger. D'ailleurs, à quoi bon ? Le feu tend déjà, devant la sortie de la prairie, un rideau étincelant !

— On ne peut plus rien pour les autres ! répète Henry. Allons, viens, Alec !

Il essaie toujours d'entraîner Black, de lui faire dépasser la voiture de Jim Neville, tandis que le jeune homme, accroché des deux mains à la bride, tire dans la même direction.

Quant au journaliste, il n'arrête pas de crier :

— Attention, attention ! Je vais démarrer !

Comme pour accentuer encore cette atmosphère de catastrophe, les arbres bordant la route commencent à craquer eux aussi sous la morsure des flammes. Certains se courbent puis s'abattent en jetant au ciel des milliers d'étincelles.

L'incendie progresse par grands et terribles bonds vers les trois hommes et l'étalon noir.

Petit à petit, Henry a réussi à faire parcourir une dizaine de mètres à Black, qui se trouve ainsi placé devant la voiture, et celle-ci roule lentement. Mais Alec n'a pas lâché la bride. Soudain, l'étalon noir se dresse, puis se jette sur le côté de la route avec tant de violence que Henry doit ouvrir les doigts et que la bride lui échappe.

Il crie :

— Alec ! Alec !

Le jeune homme vient de faire pivoter Black, court à son côté, lui saute sur le dos d'un seul élan. Henry reste bouche bée, les yeux dilatés de frayeur. Alec fonce vers la fournaise !

Henry se lance à sa poursuite. Mais, au passage, il bute contre le pare-chocs de la voiture et s'abat sur le sol, près de la portière. Jim Neville le saisit par un bras, le hisse dans la voiture. Autour d'eux, l'atmosphère devient un tourbillon de flammes. Repris par son idée de rejoindre Alec, Henry veut descendre du véhicule. Mais Jim Neville le tient à l'épaule et, en même temps, appuie à fond sur l'accélérateur. Quand Henry peut enfin se dégager et regarder en arrière, c'est pour constater que le feu a déjà établi un barrage en travers de la route. Alors, abandonnant toute résistance, le front dans les mains, il s'effondre sur la banquette.

À cet instant, la tête plongée dans la crinière, afin de se protéger des étincelles, et les mains plaquées sur l'encolure, Alec s'efforce de maintenir sa monture sur le milieu de la route, pour lui permettre de prendre dans des conditions relativement bonnes un galop de plus en plus allongé. Puis il la fait tourner vers la barrière. L'étalon noir obéit sans difficultés aux pressions qu'Alec exerce sur son encolure. Dès qu'il voit la barrière, il allonge encore son galop. Cette barrière est haute. Mais Alec sait Black capable de la franchir. Aussi décide-t-il de le laisser agir en toute liberté. Brusquement, sous ses cuisses, sous ses jambes, il sent se gonfler et se rassembler des muscles puissants. Et, après une vigoureuse secousse, il est emporté dans les airs.

Black atterrit avec légèreté de l'autre côté de la barrière et reprend sur-le-champ le galop. Alec dégage son visage des flots de la crinière, se redresse, regarde autour de lui. Le feu est exactement derrière eux ! Mais une chance de salut subsiste encore pour les chevaux... à la condition que Black réussisse à prendre les flammes de vitesse...

Alec aperçoit Napoléon toujours immobile au même endroit. Cependant, il oblige Black à tourner le dos au vieux cheval gris et à se diriger vers l'extrémité la plus éloignée de la prairie. Car c'est là qu'il a vu, plusieurs semaines auparavant, une sorte de porte et, au-delà de cette porte, un sentier forestier. C'est l'image de cette porte et de ce sentier qui s'est soudain présentée à son esprit au moment où il pensait que les chevaux, pris au piège, étaient définitivement perdus. Et c'est cette image encore qui l'a incité à faire demi-tour et à se replonger au sein de la fournaise.

Soudain devant lui, il découvre la porte. Il pousse Black dans sa direction. L'étalon noir pèse sur les barres de bois de tout son poids. Comme elles résistent, Alec, une main accrochée à la crinière, doit avec sa main libre perdre un temps précieux à les dégager l'une après l'autre, à les soulever, à les laisser retomber sur le sol. Puis il fait demi-tour, non sans avoir jeté un coup d'œil au sentier. Il payerait cher pour savoir où il conduit, ce sentier ! À la vallée ? À la route ? Ou bien – ce qu'il redoute par-dessus tout – il est sans issue ? Comme il regrette de ne pas l'avoir exploré une fois, une seule, pendant ces semaines qu'il a perdues à rôder ainsi qu'une âme en peine autour de la grange ! Aujourd'hui, sa propre vie et celle des chevaux dépendent de ce qu'il y aura au bout de ce mystérieux sentier forestier...

Napoléon hennit lorsqu'il voit Black revenir

vers lui. Mais, sans doute paralysé par la chaleur de plus en plus intense, il ne bouge pas. Alec le prend par la bride et veut l'entraîner vers le sentier. Le cheval gris tente de se dégager. Il a peur de ces flammes qui crépitent à moins de cent mètres de lui.

Alec réussit toutefois à le conduire jusqu'au sentier. Là, il le lâche et lui donne une grande claque sur la croupe. Mais Napoléon n'a pas besoin de ce stimulant. Il s'élance au galop dans le sentier, trop heureux de s'éloigner de la fournaise.

Black semble désirer lui emboîter le pas. Alec n'hésite que quelques secondes. Déjà, au bord du sentier, apparaissent de légères flammèches qui forment en quelque sorte l'avant-garde de l'incendie. Et, dans la prairie, croît sans cesse le rugissement du vent et du brasier. Dans quatre ou cinq minutes, le sentier lui-même, atteint par le feu, sera inutilisable. Alec se demande : « Est-ce que j'ai encore le temps d'agir ? »

Il fait pivoter Black en pensant : « Oui, il y a les autres chevaux. Mais il y a surtout Satan, Satan que j'ai élevé, qui est à moi ! Je ne peux pas l'abandonner ! »

Il met Black au galop en lui faisant contourner la prairie par son bord extérieur droit. Immédiatement, l'étalon accélère. C'est qu'il vient d'apercevoir Satan à plusieurs centaines de mètres. Devant Satan, les autres chevaux galopent dans diverses directions, s'arrêtent, repartent, cherchant en vain une sortie.

Black jette son habituel hennissement de haine et de défi. Et Alec se dit : « À la vue des autres étalons, il a tout oublié, même l'incendie ! » Il le talonne, le maintient en ligne droite. Son intention est de rabattre le groupe affolé vers le sentier forestier.

Malgré la distance qui le sépare encore des flammes, il suffoque, ses paupières et son visage le brûlent. Avec quel plaisir il fermerait les yeux ! Mais ça lui est interdit, car Black fonce droit sur Satan, dans l'intention évidente de le combattre.

À une cinquantaine de mètres de Satan, Alec se redresse, agite le bras, crie aussi fort qu'il le peut. Le poulain s'arrête, indécis, puis rejoint les autres chevaux.

Black, après un écart, part à la poursuite de Satan. Cependant, Alec réussit à le faire dévier à gauche, vers Cavaliere qui essaie de se dégager du groupe. Il sent, sous ses cuisses, vibrer de colère le corps puissant de l'étalon noir. Même s'il le pouvait, il ne ferait rien pour étouffer cette colère. Car il sait que la haine de Black pour ses semblables et la crainte qu'il leur inspire peuvent seules l'aider à pousser bon gré mal gré les étalons en direction du sentier.

Soudain, la respiration coupée par la chaleur, le groupe s'éloigne de la barrière, se disloque. Vengeur, surtout, se détachant de ses compagnons, paraît vouloir faire demi-tour.

Alec lance Black vers lui. Mais le grand étalon noir vire avec tant de promptitude et de violence que le jeune garçon doit saisir à pleines mains la crinière pour ne pas perdre l'équilibre. Il sait que, s'il tombe, il ne pourra jamais reprendre place sur le dos de sa monture.

En moins d'une minute, Black contraint Vengeur à rejoindre ses compagnons. Le groupe, de nouveau, longe la barrière, toujours flanqué de l'étalon noir. L'air devient irrespirable. Alec a la gorge si sèche, si serrée, qu'il ne peut même plus avaler sa salive. Et le tintamarre de l'incendie est si assourdissant qu'il couvre complètement le roulement sourd du galop des chevaux.

Black hennit presque sans discontinuer. Ses hennissements n'expriment plus le défi et la haine, mais la peur.

C'est seulement à cinquante mètres du sentier qu'Alec voit l'herbe qui brûle. Elle forme à cet endroit, juste en travers du sentier, un cordon rouge qu'ont allumé les étincelles apportées par le vent. Et, ce cordon de feu, il va falloir que les chevaux le franchissent !

Leur première réaction est de se dérober. Ils

tournent d'un seul mouvement à gauche. Alec jette sur eux l'étalon noir. Celui-ci, oubliant sa peur, se rue au milieu de ses semblables. Pendant quelques secondes, c'est une mêlée où les puissants corps affolés échangent des morsures, des ruades.

Puis, tout à coup, miracle ! Sea King jaillit du groupe et franchit d'un bond la ligne rouge, suivi par Vengeur. Alec pousse de nouveau Black sur les hésitants. Les choses alors se précipitent. Phar Fly imite Sea King et Vengeur. Cavaliere et Kashmir imitent Phar Fly. Reste Satan. Il demeure seul maintenant exposé aux attaques furieuses de Black.

Presque en même temps, ils se cabrent face à face. Lorsqu'ils se heurtent, Alec risque encore de perdre l'équilibre. Mais déjà ils retombent sur leurs antérieurs. Black, sans perdre une fraction de seconde, repart à l'attaque... et ne trouve devant lui que le vide. Satan, après avoir pivoté à gauche, vient de sauter par-dessus l'herbe en feu et s'engage dans le sentier.

Furieux de voir sa proie lui échapper, Black se jette à sa poursuite.

Alec pense : « On est tous sauvés ! » Et il ne peut s'empêcher de pousser un cri de joie et d'espérance... cri qui s'étrangle aussitôt dans sa gorge. En effet, il vient de constater que les cimes des arbres, à droite et à gauche du sentier, sont la proie des flammes. Certes, le sentier lui-même reste praticable. Mais, dans très peu de temps, il ne sera qu'une partie de l'enfer.

Satan s'efforce de rejoindre, à cent mètres de là, les autres chevaux. Tous fuient ventre à terre. Bien moins que l'incendie, c'est Black qu'ils redoutent.

Autour du sentier, le sol n'est qu'un tapis enflammé. La forêt craque, rugit. Alec n'entend plus rien. Il a même l'impression de s'enfoncer dans un silence croissant, un silence de cauchemar. Devant lui, les chevaux ont l'air de fantômes flottant dans un brouillard de chaleur.

Mais Alec sait qu'il ne rêve pas. Pour ça, il lui suffit de rester attentif aux prodigieux efforts de Black, à son galop si puissant. « Oui, tout ça est réel, se répète-t-il. C'est une course qu'on livre... contre le feu ! »

Black s'ébroue, galope à toute vitesse. Pourtant, il n'arrive pas à rejoindre Satan. Alec ne tente pas de le stimuler, car il sait que l'étalon noir se réserve et qu'il atteindra sans doute, quand il le voudra, sa plus grande vitesse.

Le visage plongé dans la crinière, le jeune homme réfléchit : « Il faut que le feu soit battu... et non Satan ou les autres. Une seule chose importe : c'est que Black ne soit pas rattrapé par les flammes. Comme c'est bizarre ! On jurerait que le sort a voulu que cet incendie soit le lieu et le moment de la grande course... et que le concurrent le plus redoutable soit un élément de la nature aux ressources imprévisibles... à tel point que les chevaux ne survivront à cette épreuve – s'ils y survivent ! – que grâce à leur rapidité... »

Soudain, juste au-dessus des fuyards, il y a une explosion assourdissante et, autour d'eux, c'est une pluie de branches semblables à des torches allumées. Black fait un bond en avant, et Alec, se retournant, voit les flammes qui les poursuivent avec une rapidité incroyable. Toute retraite leur est donc coupée !

Black, terrifié, n'a jamais galopé aussi vite. Il ne tente plus de rejoindre Satan, il ne pense plus à le combattre, à l'anéantir. Et il n'a sûrement plus de haine ni de mépris pour les autres étalons. Il n'est inspiré que par la crainte de ces flammes dont il sait, instinctivement, qu'elles s'apprêtent à le dévorer. Aussi lutte-t-il non seulement contre elles, mais aussi contre le vent qui les attise et leur donne une force, une cruauté croissantes.

Maintenant, Black se trouve près de Satan, et celui-ci se rapproche sans cesse du groupe principal des fuyards.

Et, graduellement, côte à côte, en rivalisant

avec le vent et le feu, les deux étalons s'apprêtent peut-être à surclasser les pur-sang les plus réputés du monde !

Mais... que se passe-t-il ? Le sentier oblique à gauche... se replie presque entièrement sur lui-même, revient en plein dans l'incendie ! Alec entend les cris épouvantés des chevaux. L'air leur brûle les poumons, des branches et des pommes de pin incandescentes pleuvent en crépitant sur leurs corps noyés de sueur.

Black hésite brièvement. Cependant, il sait qu'il n'est pas question de faire demi-tour. Il continue donc de suivre Satan.

Alec, épouvanté, regarde fixement les chevaux qui galopent en tête. « Tant qu'ils galoperont comme ça, se dit-il, c'est que ce sentier est malgré tout praticable. Mais s'ils s'arrêtent, ça sera la fin pour eux comme pour moi ! »

Le sentier décrit un nouveau tournant. Alec pousse un cri de soulagement lorsqu'il constate que le tapis enflammé semble dépassé. Black aborde le tournant derrière Satan. Alec ne s'est pas trompé : le sol reste épargné par l'incendie, alors que la forêt flambe de toutes parts. Sur la gauche, il aperçoit vaguement le dessin de la route. Mais à travers ces arbres en flammes, elle reste inaccessible. Toutefois, Alec croit pouvoir en tirer au moins la certitude réconfortante que la vallée ne doit plus être éloignée que de huit ou neuf cents mètres.

Black hennit de douleur quand une pomme de pin s'abat sur sa croupe, et il repart à une allure plus rapide encore. À dix mètres devant lui, Satan a rattrapé Cavaliere et est en train de le dépasser. Black se rapproche à son tour, galope quelques instants côte à côte avec Cavaliere et le dépasse sans effort apparent.

Satan est maintenant mêlé au groupe formé par Kashmir, Sea King et Phar Fly. Vengeur se tient devant le groupe, à une longueur, et son corps, moins volumineux que celui de ses compagnons, semble voler au-dessus du sol.

Alec se retourne, regarde les flammes qui scintillent et dansent derrière Cavaliere. Puis il se recouche sur l'encolure.

L'étalon noir n'est plus qu'à quelques mètres du petit groupe. Au moment où il le rejoint, Satan s'en détache, s'élance dans le sillage de Vengeur. Un instant, Alec se trouve au milieu d'une vague formée par des masses énormes de muscles. Puis Black, à son tour, se détache du groupe, le dépasse, talonne Satan.

Il pousse un hennissement perçant comme une note de trompette. Alec sent qu'il se rassemble, force encore l'allure et, dans un bond formidable, le jeune homme se trouve porté au-delà de Vengeur. La lutte commence entre Black et Satan !

Le poulain noir crie. Alec croit qu'il va attaquer Black. Au contraire, Satan augmente le nombre de ses foulées, de telle sorte qu'il réussit à rester en tête. Combat de géants ! L'un lutte pour grignoter quelques centimètres, l'autre pour les garder.

Brusquement, Alec ouvre la bouche et, de ses lèvres, s'échappe une exclamation de joie. Par une brèche de la forêt, il vient d'apercevoir les prairies ondulantes de la vallée. « Nous avons battu l'incendie ! Nous avons vaincu le vent ! » Il jette encore un coup d'œil en arrière. Il est tranquille : tous les chevaux seront sauvés. Le dernier, Cavaliere, échappera aux flammes, bien qu'elles soient visibles au ras même des sabots de ses postérieurs. Par ailleurs, la distance qui reste à parcourir est courte : cent mètres.

Oui, cent mètres !

Alec regarde de nouveau les prairies, puis Satan. Black et le poulain noir galopent maintenant côte à côte. Alec se recouche sur l'encolure.

Les deux chevaux crient – leurs hennissements ne sont plus que des cris – lorsqu'ils captent l'air pur de la vallée. Satan, les oreilles aplaties sur son crâne, réussit à prendre une demi-tête à Black. Mais celui-ci, mettant en œuvre ses ultimes ressources, commence de remonter son adversaire dans un élan irrésistible, centimètre par centimètre. Bientôt, les naseaux de Satan se trouvent derrière la croupe de l'extraordinaire étalon. Quelques secondes plus tard, Black a une longueur d'avance. Et, l'un suivant l'autre, ils débouchent de la forêt et dévalent la pente conduisant à la vallée, c'est-à-dire à la sécurité, au bonheur de vivre !

18 Le ranch de l'Espoir

Henry serre fermement dans ses doigts noueux le volant du van ; et il s'efforce de maintenir le véhicule à une cinquantaine de mètres de la voiture de M. Ramsay. Au cours de ce voyage commencé six heures auparavant, il n'a adressé que trois ou quatre fois la parole à Alec, mais, assez souvent, il lui jette un coup d'œil. Le jeune homme a eu les cheveux, les sourcils et les cils roussis pendant l'incendie de la forêt, et son visage montre de légères brûlures. Ses mains seules, enveloppées de pansements, ont exigé les soins d'un médecin.

Alec ne semble pas prendre garde aux coups d'œil que lui lance Henry. La plupart du temps, il regarde par la portière et, chaque fois que Tony, qui voyage dans la voiture de M. Ramsay, lui adresse un signe de main, il lui répond.

Cependant, lorsque la voiture de M. Ramsay quitte la route nationale, et s'engage sur une route plus étroite et de pente assez raide, il ne peut s'empêcher de demander :

— Il ne doit plus y avoir que quelques kilomètres, n'est-ce pas, Henry ?

— Oui, bougonne l'entraîneur en rétrogradant.

Une fois de plus, il regarde son compagnon. Puis, se résignant à poser la question qui depuis longtemps lui brûle les lèvres :

— Vraiment, Alec, tu ne veux pas me parler de l'incendie ?

— Qu'est-ce que je pourrais encore vous dire, Henry ? J'ai eu l'idée d'emprunter le sentier. Il conduisait à la vallée. Satan et Black sont sains et saufs. Et on s'installe aujourd'hui au ranch de l'Espoir.

— Tout ça, je le sais déjà, Alec... Et, au fond, c'est ce qui compte... Toutefois, j'ai eu l'occasion de t'apercevoir durant l'incendie. C'était au moment où vous veniez de pénétrer, toi et les chevaux, dans la forêt en feu. Et, malgré la distance... Bref, plus tard, j'ai pensé que la Coupe internationale, au bout du compte, avait peut-être eu lieu. Naturellement, toi seul pourrais me dire si je me trompe...

Alec reste silencieux. Derrière lui, Black donne des coups de sabots dans les parois du van. Napoléon hennit.

— Qu'est-ce que vous voulez savoir exactement, Henry ? demande le jeune homme.

— Eh bien, ceci... Quand je vous ai vus – un instant d'ailleurs, car la forêt s'est tout de suite refermée sur vous – Satan était derrière les autres. Il les a rejoints ?

— Oui, Henry.

— Alors tu estimes qu'il aurait pu les battre dans une course ?

— Oui, Henry.

— Les battre... jusqu'au poteau d'arrivée ?

Alec acquiesce d'un mouvement de tête.

— Je savais qu'il était capable de bien des exploits ! reprend Henry avec orgueil.

Puis, le visage soudain plus grave, il regarde dans son rétroviseur le deuxième van, celui qui transporte Satan. Alec n'ignore pas que son ami se pose une question : « Et si, en définitive, le vrai vainqueur de cette course à travers l'incendie avait été Black... si Black avait battu Satan ? ... » Alec connaît l'affection jalouse que Henry éprouve pour le poulain noir, et il n'a aucune peine à déchiffrer dans ses traits une crainte, une appréhension plutôt, presque douloureuse... Au bout d'un long moment, Henry paraît se décider. Entre ses dents serrées, d'une voix sifflante, il demande :

— Et Black, tu crois qu'il aurait été capable, lui aussi, de rattraper les autres chevaux ?

— Bien sûr.

— Ç'aurait été exiger de sa part l'impossible, car tu étais sur son dos. Avec un handicap semblable, il ne pouvait pas... non, il ne pouvait pas rivaliser avec un poulain de la classe de Satan...

Alec répond sans hésitation :

— Vous avez raison, Henry, il ne le pouvait pas.

L'entraîneur paraît éprouver un immense soulagement, et toute trace de crispation s'efface de son visage.

— Tu vois, Alec, déclare-t-il avec emphase, on possède les deux meilleurs chevaux du monde. Et ce qui est bien agréable, c'est que maintenant on en a la certitude absolue !

Tandis que le van suit la voiture de M. Ramsay vers le sommet d'une colline, Henry se met à parler de leurs projets, de l'élevage qu'ils vont créer. Alec songe : « Je suis et resterai seul à savoir que Black est le plus rapide. Henry a raison : Black, portant un cavalier – moi, en l'occurrence – n'aurait pas dû battre Satan. Pourtant, il l'a battu ! »

Au sommet de la colline, ils découvrent la vallée, large et verte. Ils descendent l'autre versant, traversent une rivière, tournent à gauche...

Henry continue à parler :

— Il va nous falloir acheter des juments.

— Oui, Henry.

— On a beaucoup de travail à faire ! Ça ne sera pas facile.

— Je sais, Henry. Mais c'est ce qu'on veut tous les deux, n'est-ce pas ?

— Oui, conclut Henry. C'est ce qu'on veut.

Bientôt, ils longent une longue barrière, blanche. Henry sourit. Puis, retrouvant son sérieux :

— J'ai un service à te demander, Alec.

— Vous savez bien que je suis toujours prêt à vous rendre service, Henry. Qu'est-ce que c'est ?

— Il y a quelque temps, j'ai reçu une lettre d'un ami, Jimmy Creech. C'est un grand entraîneur. Il y a quarante ans qu'il fait courir des trotteurs. Il a gagné de nombreuses courses. Mais, aujourd'hui, il est vieux, malade. Pourtant il ne voudrait pas abandonner. Hélas ! ses écuries sont vides. Il lui faudrait un très bon cheval, qui puisse devenir un champion. Tu serais prêt, Alec, pour me faire plaisir, à lui céder le premier poulain qui naîtra à notre élevage ?

De nouveau, Alec n'a pas une seconde d'hésitation :

— Il aura notre premier poulain, Henry. Vous pouvez lui écrire que c'est chose faite.

M. Ramsay vient d'arrêter sa voiture. Tony en descend et ouvre une haute porte que flanque à droite et à gauche la barrière. Devant les voyageurs se déploie le ranch de l'Espoir, avec toutes ses promesses d'avenir.

La voiture de M. Ramsay et les deux vans franchissent l'un derrière l'autre le seuil de la porte et suivent une allée bordée d'arbres qui conduit à une petite maison de pierre. Mais les regards d'Alec et de Henry sont fixés sur la vaste écurie qu'on aperçoit derrière la maison.

Black hennit. Alec se tourne vers lui, tandis que Henry dit :

— Pour lui, plus d'hippodromes, plus de pistes. Mais ses fils lui succéderont. Espérons qu'ils seront aussi valeureux que lui.

Black avance son museau par l'ouverture de la petite fenêtre intérieure du van. Alec presse sa joue contre les naseaux veloutés de l'étalon noir.

Pour connaître la date de parution du prochain tome de l'Étalon Noir, inscris-toi vite sur le site www.bibliotheque-verte.com

Tu aimes l'Étalon Noir ? Alors découvre vite les aventures du Club des Cinq !

1. *Le Club des Cinq et le trésor de l'île*

2. *Le Club des Cinq et le passage secret*

3. *Le Club des Cinq contre-attaque*

4. *Le Club des Cinq en vacances*

5. *Le Club des Cinq en péril*

6. *Le Club des Cinq et le cirque de l'Étoile*

7. *Le Club des Cinq en randonnée*

8. *Le Club des Cinq pris au piège*

9. *Le Club des Cinq aux sports d'hiver*

10. *Le Club des Cinq va camper*

11. *Le Club des Cinq au bord de la mer*

12. *Le Club des Cinq et le château de Ma*

13. Le Club des Cinq joue et gagne

14. La locomotive du Club des Cinq

15. Enlèvement au Club des Cinq

16. Le Club des Cinq et la maison hantée

17. Le Club des Cinq et les papillons

18. Le Club des Cinq et le coffre aux merveilles

19. La boussole du Club des Cinq

20. Le Club des Cinq et le secret du vieux puits

21. Le Club des Cinq en embuscade

Suis le Club des Cinq
dans chacune de ses
Aventures !

Tu aimes le Club des Cinq ? Alors découvre vite les aventures des Six Compagnons !

Pauvre Tidou ! Non seulement il doit déménager à Lyon, mais en plus son père lui interdit d'emmener Kafi, son chien adoré. Heureusement, dès la rentrée, il fait la connaissance des Compagnons de la Croix-Rousse, et la bande décide de l'aider ! Seulement ce n'est pas si simple, de faire venir un chien-loup en secret. Pas sans risques, non plus...

1. Les Six Compagnons de la Croix-Rousse

Cet hiver, les Compagnons partent en classe de neige ! Vive les randonnées et les descentes à ski ! Mais à peine arrivés à Morzine, Tidou et ses amis font une découverte inquiétante : une fillette recroquevillée dans la neige, au pied d'un sapin. Son petit corps est immobile et glacé... Que lui est-il arrivé ? Pour les Compagnons, un seul moyen de le savoir : il faut mener l'enquête !

2. Les Six Compagnons et l'homme des neiges

3. Les Six Compagnons et le mystère du parc

Les Six Compagnons passent l'été à Valence. Au cours d'une promenade dans un parc, ils font la connaissance d'un sympathique clochard. Mais dès le lendemain, une terrible rumeur envahit la ville : un enfant aurait été enlevé, en pleine nuit... et pour la police, il n'y a aucun doute : le nouvel ami des Six Compagnons est le suspect numéro un !

Un accident de voiture, un homme évanoui, et, quelques mètres plus loin, une montre cassée... pourtant le conducteur porte toujours la sienne. Bizarre ! Y avait-il une autre personne à bord ? Les Six Compagnons disposent d'un seul indice : la montre est de marque anglaise. Et si la solution se trouvait à Londres ? La bande n'hésite pas et saute dans le premier avion pour l'Angleterre !

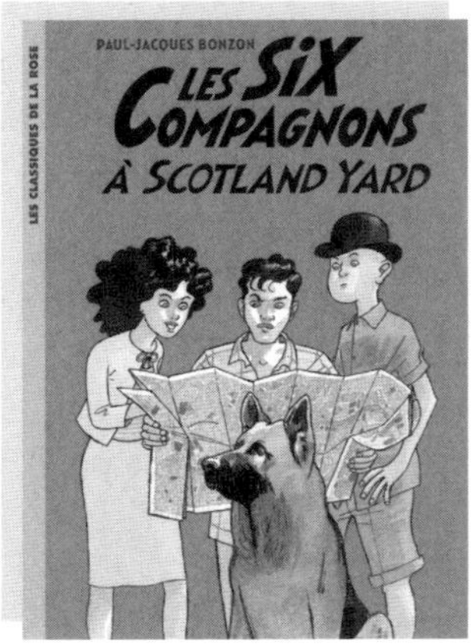

4. Les Six Compagnons à Scotland Yard

Table

« Pour l'éditeur, le principe est d'utiliser des papiers composés de fibres naturelles, renouvelables, recyclables et fabriquées à partir de bois issus de forêts qui adoptent un système d'aménagement durable. En outre, l'éditeur attend de ses fournisseurs de papier qu'ils s'inscrivent dans une démarche de certification environnementale reconnue. »

Composition JOUVE – 45770 Saran
N° 557354U

Imprimé en France par Jean-Lamour – Groupe Qualibris
Dépôt légal : novembre 2010
20.07.2137.6/01 – ISBN 978-2-01-202137-2

Loi n° 49-956 du 16 juillet 1949
sur les publications destinées à la jeunesse.